Kurze Besuche

Herwig Roggemann

Kurze Besuche

oder

Im Tribunal

Zwei Novellen

Impressum

Bibliografische Informationen der Deutschen Nationalbibliothek
Die Deutsche Nationalbibliothek verzeichnet diese Publikation in der Deutschen
Nationalbibliografie; detaillierte bibliografische Daten sind im Internet über
http://dnb.d-nb.de abrufbar.

ISBN: 978-3-95894-292-9 (Print)

© Copyright: Omnino Verlag, Berlin / 2024

Personen, Handlungen und Ereignisse sind mehr oder weniger erdacht und
erfunden, auch wenn sie der Realität nahe oder entlehnt scheinen. Für ihre
Verwandlung in die neue Wirklichkeit dieser Novellen sind Leser und Leserinnen
verantwortlich. Für den Autor bewahrheiten sie sich, indem er sie teilt.

Susanne, Anne und Helmut (1967–2018) zugedacht

NIHIL OCCULTUM
(Nichts ist geheim – geheimnisvoll ist das Nichts)
Petar Hektorović (1487–1572)

Inhalt

Kurze Besuche

oder

Abedin war mein Freund

Diese Geschichte hat keinen Anfang. Sie hat auch kein Ende. Sie hat gegenüber Geschichten, die sich Schriftsteller ausdenken, um dann unter Anwendung der verschiedensten Tricks (alte Briefe, Tagebuchfund, Reisebeschreibung, Prozessakten, Schulaufsatz usw.) zu behaupten, sie erzählten die Wahrheit, den weiteren Nachteil, dass sie auf den ersten Blick unglaubwürdig scheint. Wie viele Geschichten, die, wie man so sagt, das Leben schrieb. Denn das ist überraschender und grausamer als unsere Vorstellungskraft. Und kennt im Krieg weder Maß noch Moral. (Nur im Krieg?)

Ich weiß nicht, welches Ende die Geschichte für die nimmt, die sie zu Ende lesen. Denn im Gegensatz zu den Betroffenen, die darin umkommen oder verschwinden, lebe ich in ihr (oder neben ihr?) weiter und überlasse denen, die sich lesend darauf eingelassen haben, die Wahl des Endes – und damit ihres Endes. (Bliebe demnach nicht nur die Zukunft, sondern auch die Vergangenheit für uns ein offenes Buch?)

Abedin war mein Freund. Jedenfalls fragten sie mich nachher in Milna immer wieder: „Wo ist denn dein Freund Abedin?" Ich weiß nicht, ob er wirklich mein Freund war. Vielleicht hätte er mein Freund werden können, wenn nicht dieser wahnwitzige Krieg gewesen wäre, der erst so viele Dörfer und Städte (Mostar zum Beispiel), dann unsere Familien und am Ende uns selbst auseinanderriss. Was ist ein Freund?

Ein Freund, denke ich, ist jemand, dessen Leben man kennt und akzeptiert, jedenfalls zu verstehen meint. Der einem mehr bedeutet als die vielen anderen, an deren Anblick und Gerede man sich täglich und oft unfreiwillig reibt. Jemand, auf den man sich unter allen Umständen wortlos verlassen kann, der einen unter keinen Umständen in die Pfanne haut. Mit dem man ein Stück Leben oder zumindest eine wichtige Erfahrung geteilt, eine gemeinsame Gefahr, einen Krieg wie diesen zum Beispiel, durchlebt hat. Oder jemand, mit dem man einfach gerne zusammen ist (und nicht erleichtert ausatmet, wenn er oder sie wieder geht). Mit dem man zusammensitzen kann, ohne viel Tiefsinn zu reden, oder meint, im Gespräch dauernd Männchen machen zu müssen. Wie so oft in Gesellschaft. Vor allem, wenn Frauen dabei sind. Frauen und Freundschaft? Geht das überhaupt? Oder lebt das nur von unausgesprochenen Erinnerungen oder Erwartungen? (Warum diese skeptische Frage, Hardtfeld, gibt es nicht immer wieder gelingende Beispiele, und hast du nicht selber solche dankbar erfahren und erfährst sie noch?) Die Gegenwart eines Freundes ist nie langweilig. Seine Abwesenheit auch nicht. Denn die handelt von der Anwesenheit seiner Geschichte. Wie diese auch. Aber jede Geschichte (vor allem jede Kriegsgeschichte) ist anders, jedenfalls hört und sieht sie jeder anders (und meint daher, sie anders erlebt zu haben).

Am besten, Abedin erzählte sie selbst. Tauchte eines Tages wieder in Milna auf, wenn wir auch da sind, sagte kako si mi, stari moi, wie geht's dir, Alter? Und finge an zu erzählen. Als ob nichts gewesen wäre. Kann sein, so kommt es noch. Aber sicher bin ich mir nicht mehr. Ich warte schon zu lange. Helfen Sie mir auf der Suche nach Abedin? Wenigstens auf der Suche nach der Erinnerung an ihn. Warum sollten Sie?

Aus Neugier, warum denn sonst. Oder haben Sie was Besseres vor, als jetzt diese Geschichte zu lesen? Ich soll sie Ihnen auch noch vorlesen? Also gut, meinetwegen. Machen wir's uns einfach. Wenn Sie langsam genug lesen, können Sie mich lesend lesen hören. Aber beschweren Sie sich hinterher nicht wegen der verlorenen Zeit. Oder mit der Behauptung, es sei alles ganz anders gewesen. Waren Sie dabei? Ich schon. Bin es immer noch. Und komme davon nie mehr ganz los. Einmal Kriegskind, immer Kriegskind. Ich warne Sie. Wenn Sie weiterlesen, kann es Ihnen ähnlich gehen.

Wo ich Abedin in den verrückten Jahren des Zerfalls (die wir erst hinterher als solche wirklich wahrzunehmen begannen) kennengelernt habe, weiß ich nicht mehr. War's auf der Werft, wo einer der Kapitäne schon mal einen Hammel spendierte, wenn sein Schiff nach der jährlichen Überholung wieder zu Wasser gelassen wurde? Damals fuhren noch die alten, hölzernen Ein- und Zweimaster – umgebaute Sand-schiffe, Fischkutter, alte Lastensegler aus der Zeit vor den großen Fährschiffen – die Touristen und ihre von Sonne und Alkohol geröteten Gesichter und Bäuche zwischen den Inseln und dem Festland hin und her.

Der Hammel, wenn es einen gab, drehte sich lange vor der Marenda über dem Feuer in der Werftecke hinter dem Waschraum am Spieß. Marenda, das war bei den Arbeitern auf der Werft, in der Fischfabrik und allen anderen, die in Wein- und Olivengärten oder kleinen Werkstätten hinterm Haus hämmerten, hackten, sägten oder sich auf andere Weise geräuschvoll zu schaffen machten, die geheiligte Frühstücks-pause. Bei Gelegenheiten wie dieser, wenn's um einen Hammel ging, konnte sich diese Pause auch bis in die Mittagshitze hinziehen. Dann war an Arbeiten ohnehin nicht mehr zu denken. Über demselben Feuer hatten sie vorher das Fischfett erhitzt, um die Bohlen des Helgens für den Stapellauf glatt zu schmieren.

An solchen Tagen verwehte der Maestral zwei ganz verschiedene Gerüche zwischen den aufgebockten Schiffsrümpfen. Den Duft knusprig gesalzener Hammelschwarte. Und den Gestank fauligen Fischtrans. Auch für herumstehende Besucher, die sich als Handlanger nützlich gemacht hatten, konnte dabei ein Stück Fleisch, das vom Hackbeil wegsprang, und ein schräg geschnittener Weißbrotkanten abfallen. Dazu ein Zug aus der Rotweinflasche. So lang, bis nöliger Protest sich räusperte.

Oder war's vor der Fischfabrik, an deren Schornstein nachts das Wort TITO groß und rot glühte, zwischendurch zuckte, nochmal zuckte und weiterglomm? Den roten Stern darüber hatten sie schon vor Jahren abgeklemmt, nachdem mehrere Zacken ausgefallen waren und sie keine passenden Ersatzteile und wohl auch niemanden fanden, der dieses Symbol aus großer Zeit reparieren konnte. Oder wollte. Kurz vor Beginn des Krieges blieben auch die Buchstaben dunkel, und Reste des Neonschriftzugs hingen nach zwei, drei MP-Schüssen aus der Blechfassung. Soll angeblich die Besatzung eines ablegenden Fischkutters gewesen sein. Sollen noch „Živio Druže Tito!" gebrüllt haben. Es lebe Genosse Tito! Waren betrunken, hieß es.

„Wieso betrunken?", fragte Matko und drosch mit wenigen wuchtigen Hammerschlägen den knapp zugemessenen Eichenrahmen in die Lukenöffnung eines Sandschiffs, das damals noch Sand fuhr. (Sandschiffe? Die den schwarzen Flusssand aus der Cetina-Mündung vor Omiš hochbaggerten und dabei auch schon mal eine Amphore im Greifarm hatten (und mir zum Kauf anboten), gibt's schon lange nicht mehr.) „Wieso denn betrunken? Die waren nicht betrunken, jebentiboga. Die wussten, was sie taten, verdammt noch mal. Die wussten das genau."

„Und was sie riefen", sagte Miko, der danebenstand und Matko zusah und der ein letztes Mal vergeblich versucht hatte, den Metallrahmen der Leuchtschrift wieder zusammenzuschweißen.

Astiboga, ja, verflucht, das wussten sie auch.

„Und du? Weißt du es auch noch?" Und dann hatten beide geschwiegen, und jeder sich seinen Teil gedacht.

Die Blechbuchstaben steckten noch einige Zeit schief in den Schornsteinfugen, bis auch sie eines Nachts verschwunden waren. (Warum eigentlich immer nachts? Tagsüber zu demontieren, woran man Jahrzehnte lang geglaubt hatte, das wagte damals noch niemand.) Soweit war es, als ich Abedin das erste Mal in Milna begegnete, noch nicht. Aber es fehlte nicht mehr viel.

Nach einem guten Fang schob die Besatzung den Werftarbeitern schon mal eine Kiste Sardinen, seltener Makrelen (Glück!) oder an Bord filetierte Seezunge (großes Glück!) über die Bordkante. Damals gab es noch reichlich Fisch in der Adria. Die Italiener hatten mit ihren schnellen Kuttern und überdimensionierten Netzen noch nicht alles leergefischt. (Und die Charterbootbesatzungen hatten mit ihren Harpunen und anderen nautischen „Sportausrüstungen" noch nicht jede Bucht ausgeräumt.) Dann zog vom abschüssigen Platz vor dem Wächterhäuschen, das überm Wasser an der Fabrikmauer klebte und in dem der Wächter saß, der solche Transaktionen verhindern sollte, der angenehm brenzlige Geruch scharf gegrillter Sardinen durch die Hafenbucht. Und man wusste, woher der Wind wehte und wo sie zu holen waren.

Jetzt lagen dort die chrombeschlagenen, gelackten Plastikyachten der Charterbootkapitäne aus Deutschland, Österreich, Italien und von wer weiß woher. Palmenkübel standen in Katamaransalons. Flachbildschirme flimmerten über weißen Kunstledersesseln, auf denen sich Bikinifrauen und deren halbwüchsige Kids räkelten. Und der junge Direktor des Internationalen Adria Yachtclubs hatte, als er noch Direktor der Fischfabrik war, die Fabrik schließen, die Arbeiter entlassen, die Maschinen verkaufen und den Schornstein abreißen lassen. Oder nein, stand er noch? Als Industriedenkmal vergangener Zeiten und vergangener Hoffnungen? Erinnerung an jahrzehntelange, ehrliche Arbeit der Männer und Frauen des alten Fischerdorfs Milna mit dem Brot des Meeres? Jetzt ist der Direktor der Fischfabrik Direktor des Hotels Excelsior International. Und sitzt mit Sonnenbrille hinter dem Lenker eines Land Rover mit getönten Scheiben, der geräuschlos langsam am Verbotsschild vorbei durch die Fußgängerzone von Milna rollt. (Aber vielleicht ist auch das bald Vergangenheit? Und die Vergangenheit, von der ich in dieser Geschichte rede, wieder Zukunft? Eine Zukunft ohne oder nur noch mit wenigen natursuchenden Touristen? Und ohne an Hummerscheren saugende Marinagäste? Aber wovon dann leben ohne Fischfabrik an einem Meer ohne Fische?)

Oder war's vor dem Ferienheim der Metallarbeiter aus Kikinda? Vor dem langgestreckten, gelben Bau unter den Palmen mitten im Ort traf man sich abends zum Tanz oder zum Wein oder auch nur, um mit Händen, später auch Fäusten in den Taschen herumzustehen und den Tanzenden zuzusehen, wie sie ihren Ringelreigen zu bosnischer, serbischer oder ungarischer Musik tanzten. Hände auf den Schultern des Vordermanns oder der lachenden Vorderfrau (warum lächeln eigentlich alle Frauen beim Tanzen dasselbe glücklich entrückte Lächeln) ging's in der Kola um die Palmen, um die Tische, über die Riva bis zum gusseisernen, roten Leuchtfeuer auf der Kaimauer und wieder zurück. Manche der Umstehenden, Touristen vor allem, klatschten im Takt. Oder sangen oder tanzten sogar mit, meine Frau zum Beispiel, die keinen Tanz auslassen kann. Andere fanden das albern oder ärgerlich. Was hatten die hier in Milna überhaupt noch zu suchen mit ihren lächerlichen Tänzen? Für die meisten aber war es in Ordnung. Sollte doch jeder tanzen, was er wollte. Und die Musik hören, die er oder sie wollte. Na und? Sind doch unsere Leute. Oder etwa nicht? Seit wann denn nicht mehr?

„Sag doch selbst", sagte Abedin, als wir wieder einmal am gelben Haus unter den Palmen vorbeikamen, Zeit hatten und stehen blieben, „sag doch selbst, wir sind doch noch ein Land, oder? Oder wollen die uns jetzt einreden, wir seien nie ein Land gewesen? Jugoslawien, das Land der Arbeiterselbstverwaltung, der Blockfreiheit und der Reisefreiheit? Waren wir nicht wer in diesem damaligen sozialistischen Lager und konnten stolz auf uns sein? Sag doch selbst, war es nicht so? Und jetzt? Auf dem Weg zu einem Haufen kleiner, verfeindeter Nachbarländer. Alle gegen alle. Keiner will mehr die Sprache des Nachbarn verstehen. Wo soll das hinführen? Wenn's gut geht unter das Dach der EU? Hoffen wir's. Und wer nicht unter dieses Dach will?"

Ich sah ihm zu, wie er mit zwei Fingern eine Marlboro-Packung aus der Hosentasche zog, sie mit dieser für ihn typischen, kurzen Schlenkerbewegung des Handgelenks aufriss, eine Zigarette herausklopfte, mit zugekniffenem Auge anzündete, sich dabei am gusseisernen Leuchtfeuerfuß abstützte, wieder aufrichtete, eine lange Rauchfahne ausatmete, dem Verschwinden des Rauchs nachsah, lächelnd einen neuen Zug nahm, noch länger ausatmete und sich mir wieder zuwandte und sah, wie ich ihm zusah.

„Što je, stari moj? Was ist, Alter?" Er fragte mich, dabei war er es, der plötzlich nachdenklich und älter geworden schien. Aber sein junges, schiefes Lächeln saß wie immer in der Mundwinkelfalte.

„Na, was ist? Das sind doch auch unsere Leute. Sind wir noch ein Land? Oder schon nicht mehr? Und wer hat mich eigentlich gefragt, was ich will und wofür ich bin?" Er nahm wieder einen Zug, und wir gingen weiter.

„Vielleicht besser, dass man mich nicht gefragt hat. Wo ich selber nicht mal genau weiß, was ich bin. Bin ich nun Bosnier oder Kroate? Oder beides? Und meine beiden Alten, was ist mit denen? Die eine Hälfte von der Adria, die andere Hälfte von der Neretva, für uns war das nie ein Problem. Bis jetzt."

Wir blieben stehen. Und tatsächlich war wieder Musik zu hören. Und getanzt wurde auch wieder. Aber nicht mehr auf der Riva, sondern im Haus. Durch die offenen Fenster hörten wir Gelächter und sahen die Bewegungen. Wenn man nicht die Musik gehört und nicht gewusst hätte, dass sie dort tanzen, man hätte diese schnellen, abgehackten Bewegungen der Silhouetten der Tanzenden hinter den Vorhängen auch für die Pantomime einer Schlägerei halten können. Die Musik brach ab in Applaus und Gelächter, und Abedin und ich gingen weiter. Im Weitergehen sah ich, wie er mit dem kleinen

Finger von unten die Asche von der Zigarette schnippte. Diese kleinen, ausgefallenen Gesten, das war echt Abedin. Ich mochte das an ihm.

„Sollen sie doch tanzen, was sie wollen. Arbeiten schließlich das ganze Jahr dafür." Er nickte und fasste mich am Arm. „Wart's ab, mein Freund, bald hat unsere selbstverwaltete Arbeiterklasse nicht mehr viel zu lachen, weder hier in Milna noch anderswo."

Vor der Kirchentreppe unter den Palmen, über denen und um die herum die Mauersegler ihre atemberaubenden Luftkämpfe vorführten, blieb ich stehen und ließ Abedin weitergehen. Unglaublich, wie diese Vögel ihre Höchstgeschwindigkeitsmanöver spielerisch und doch allem Anschein nach auf eine uns bisher unerklärliche Weise koordiniert vollzogen. Dabei auch auf engstem Raum in Mauerwinkeln, unter Dachvorsprüngen, in schmalen Durchgängen offenbar ohne jedes Kollisionsproblem. Abedin kam zurück, und ich wies nach oben.

„Sieh dir das an", sagte er und sah weiter diesem wahnwitzigen, von schrillen Schreien befeuerten Luftschauspiel zu. „Alles pensionierte Düsenjägerpiloten, oder?"

„Was ist mit den Frauen", fragte ich, „fliegen die auch in deiner Luftwaffe? Und wer macht das Geschrei?" Wir lachten und gingen zusammen weiter Richtung Bushaltestelle, denn Abedin wollte noch mit dem letzten Schiff nach Split und von da aus weiter zu seinen Eltern nach Bosnien. Sein Bruder war aus Belgrad zu Besuch mit seiner jungen Frau. Aber ich greife vor. Soweit war es noch nicht.

Es war wohl auf der Werft, wo Abedin und ich uns das erste Mal trafen. Denn ich weiß noch, wie wir an diesem Abend langsam um die lange Hafenbucht zurück in den Ort gingen. Und einander unser Leben erzählten. Einmal oder sogar mehrmals legte er mir – was ich nicht gewohnt war und bei anderen Gesprächspartnern, außer bei jüngeren Frauen, eher als lästig empfinde – während unseres Gesprächs die Hand auf den Arm. Bei ihm mochte ich das. Dann blieben wir steh'n, und er redete leise weiter.

Das gibt es nur hier. Im Norden, in Bremen, wo ich herkomme, konnte man jahrelang denselben Menschen in derselben Straßenbahn vom Parkviertel in Richtung Domsheide, im Theater am Goetheplatz oder beim Sonntagsspaziergang zur Meierei im berühmten Bremer Bürgerpark begegnen. Und „Guten Tag" oder kurz und freundlich „Tach", wie sie dort sagen, war der ganze Gesprächsinhalt, begleitet von ebenso kurzem, nicht unfreundlichem Kopfnicken. Mittags sagte man „Mahlzeit". Auch wenn niemand aß. Allenfalls noch „Wie geht's?". Oder Platt „Wie geit?". Das war's dann schon.

Abedin und ich ließen uns Zeit an diesem Abend. Es war Mitte August. Die Steine der Kirchentreppe, auf die wir uns schließlich setzten und redend oder schweigend das schaukelnde Zerfließen der Lichter im Hafenbecken beobachteten, waren lange nach Sonnenuntergang noch warm. Die schrillen Schreie der um die Palmenkronen vor der Kirche flitzenden Mauersegler waren verstummt. Und als wir aufhörten zu reden und noch eine Weile schweigend dasaßen, dem Lichtertanz auf schwarzer Wasserhaut zusahen, dann aufstanden, um in der Kantine der Kikindani noch eine Bevanda zu trinken, weil wir vom Reden durstig waren, wussten wir alles voneinander. Wie meine Kinder in der Schule waren. Dass ich die zweite Frau und mit meiner Tochter Probleme hatte, weil sie vor dem Abitur die Schule abbrechen und mit anderen zusammen eine leerstehende Brauerei besetzen wollte. Klassenkampf, hatte sie mir mit Absender „Sozialistische Demokratische Republik Freies Kreuzberg" geschrieben, natürlich als kleiner provokanter Scherz gedacht, sei wichtiger als spätbürgerliche Schulabschlüsse. Auf die es jetzt wirklich nicht mehr ankomme. Ich fand das nicht witzig.

„Klassenkampf?", hatte Abedin gefragt und langsam den Kopf gewiegt, dann energisch hin- und hergedreht. „Klassenkampf? Ihr wisst doch gar nicht, was das ist. Ihr in eurem aufgeräumten Deutschland. Wir hier, in unserm Land, das immer noch oder schon wieder im Aufbau und immer im Abbruch oder Aufbruch zu großen Zielen ist und nie ankommt und nie fertig wird, wir wissen das, auch wenn wir nicht immer davon reden. Wir reden lieber von Antifaschismus.

Und? Wisst ihr denn, was das ist? Und seid ihr euch darüber einig?"

Er lachte und zerdrehte eine Kippe unterm Absatz. Damals konnte man über solche Fragen noch lachen. Später, in den letzten Jahren vor dem neuen Krieg und erst recht in diesem Krieg und danach, gab es da nichts mehr zu lachen. Man musste erneut aufpassen, was man sagte, was man fragte, für wen man Partei ergriff. Und ob man einen Kriegsverbrecher weiter einen Kriegsverbrecher nennen oder nicht besser von Untaten schweigen sollte, wenn man nicht sicher war, um welche Seite es ging und auf welcher Seite der Zuhörer stand. Das hat sich auch zwanzig Jahre nach diesem Krieg und nach vielen Urteilen des Internationalen Jugoslawientribunals in Den Haag, in denen schauerliche Details von weinenden Zeugen und ausländischen Exhumierungsexperten ans Licht der Weltöffentlichkeit gebracht wurden, immer noch nicht geändert. Oder doch? Das Risiko ist, zugegeben, mit jugoslawischen Zeiten nicht zu vergleichen. Die Zeiten von

Titos Geheimpolizei Udba und deren Mordkommandos in Deutschland sind endgültig vorbei. Der Rechtsstaat hat sich auch auf dem Balkan durchgesetzt. Und doch.

Und doch geht man hier manchmal noch, bildlich gesprochen, auf dünnem Eis, obwohl Adria, obwohl Sommer, das Bild vom dünnen Eis also nicht passt. Es passt irgendwie doch. Sitzen meine Frau und ich beim Makedonier, der eines Tages oder, genauer, eines Nachts mit Kind und Kegel aus Milna verschwunden, später aber ebenso überraschend wieder aufgetaucht war, beim Eis. Sagt meine Frau: „Sag mal, hast du eigentlich was von Abedin gehört?"

Und bevor ich antworten kann, kommt Don Ivica vorbei, der alte Pfarrer, legt mir die Hand auf die Schulter, sagt, er komme von einer Beerdigung. Beerdigung? Was für eine Beerdigung? Denn normalerweise erfährt hier jeder von jeder Beerdigung.

„Kleiner Kreis", sagt er, „Kinder, Enkel. Die Freunde", sagt er, „sind ja alle schon tot. Vor ein paar Monaten fand man in einer Höhle bei Dračevica die Knochen von Miro Pavišić."

„Miro Pavišić", frag' ich, „kenn' ich den?"

„Wohl kaum", sagt Don Ivica, „der hatte vor dem Krieg, ich meine den Weltkrieg, den Zweiten, und noch kurz danach das Schiff *Triton*. Fuhr Baumaterial zu den Inseln. Auch für das neue Dach unserer Kirche." Er hob kurz den Arm und wies in Richtung Kirche, die man aber von unserem Platz unter dem neuen Bambusriesenschirm über der neuen Eistheke nicht sehen konnte.

„Die Partisanen", sagt er leise, „haben ihn 1946 aus seinem Haus in Milna geholt. Hier", und er zeigt auf das Haus mit den drei runden Türbögen, in dem jetzt der Selbstbedienungsladen ist, vor dem wir sitzen und Eis essen (Magnum mit Nusssplittern in Schokoladenhaut), „hier hat er gewohnt. Sein jüngster Sohn hat jetzt den Laden. Miro blieb verschwunden.

Jahrzehnte lang wusste niemand, wo er war und was man ihm vorgeworfen hatte. Vielleicht seine Arbeit für die Kirche? Oder dass er mal königlicher Kadett oder seine Frau aus Serbien war? Jetzt haben sie ihn gefunden. Durch Zufall. Die Höhle sollte für Touristen zugänglich gemacht werden. Einen Haufen reiner, weißer Knochen, auch den Schädelknochen. Mit Einschussloch." Don Ivica sieht sich um. Aber niemand hört zu. Am Tisch hinter uns singen ein paar halbnackte, rotgebrannte Touristen, leider singen sie deutsch. Vor der Bar sitzen Stipe und Miko von der Werft, sehen den singenden deutschen Dickbäuchen zu, rühren mit zu kleinen Löffeln in zu großen Händen in zu kleinen Kaffeetassen und sehen schweigend aufs Meer.

„Die Genanalyse aus Zagreb", sagt Don Ivica, „hat es bestätigt." Genanalyse? Der alte Pfarrer von Milna, hatte der tatsächlich eben so ganz nebenbei „Genanalyse" gesagt und dazu genickt? (Was würde jetzt wohl noch alles hoch und ans Licht kommen?) „Es sind Miros Knochen", fährt er fort, „heute haben wir ihn begraben, in geweihter Erde, endlich. In einem ganz kleinen Sarg. War ja nicht mehr viel von ihm da. Und waren, wie gesagt, nur paar Leute dabei. Alles Gute", sagt er lächelnd, nimmt die Hand von meiner Schulter, richtet sich auf und sieht sich nochmal um, sieht lächelnd über die Touristen hinweg, sagt: „Ich muss weiter, s Bogom, mit Gott."

Abedins Eltern konnten oder wollten lange nicht verstehen, dass er und sein Bruder sich nicht für den Hof interessierten und nicht in ihrem Dorf bleiben wollten. Er war, wie sein Bruder, nach der Schule zu Titos Armee gegangen, die damals noch Jugoslawische Volksarmee hieß, JNA, die größte und modernste Armee im Südosten Europas. Und jedenfalls die machtvollste Institution und der größte Arbeitgeber im ganzen Land. Und eine gute Adresse für junge Leute, egal aus welcher Ecke des Landes sie kamen. Sie hatten ihren langen Wehrdienst freiwillig verlängert, Geld und kostenlose Ausbildung gerne mitgenommen. Danach war sein Bruder zu seiner Freundin nach Belgrad gezogen, und sie hatten dort geheiratet. Abedin hatte als Elektroingenieur erst in Sarajevo gearbeitet und war dann weiter nach Süden an die Neretva gezogen.

„Bosnien", sagte er, „Bosnien, dachte ich damals, hat das meiste Wasser und die meisten Wasserkraftwerke. Da findest du immer was." Und jetzt war er hier. Auf dieser Insel, wo seine Großmutter herkam. Seine letzte Arbeitsstelle – ein kleines Umspannwerk vor Počitelj, wo die Neretva sich grün über weiße Geröllbänke wälzt, bevor sie aufgestaut durch die Fallrohre auf die Turbinen schießt – war eines Nachts in die Luft geflogen. Das heißt, nur Dach und Fenster flogen weg. Einfach so. Im richtigen Augenblick übrigens. Keine Toten und Verletzten. Auch die Turbinen konnten sie später wieder in Gang setzen. „Muss man auch erstmal so präzise hinkriegen." Abedin grinste.

Früher hatten sie zu Hause oft davon gesprochen, einmal wieder auf Nonas Insel Urlaub zu machen, in einem der preiswerten Ferienheime. Die teuren Hotels gab es damals noch nicht. Am besten als Ehemalige im großen Sommerheim der Armee, oben hinter den Olivengärten zwischen Milna und Osibova, wo die Schotterstraße zu den Klippen der unbebauten Südküste abzweigte, bevor sie sich in Pinienwäldern verlor. Das Heim und die Gegend kannten Abedin und sein Bruder aus der Armeezeit. Eine weiträumige Anlage mit Sporthalle, Basketball- und Tennisplätzen, Restaurants und Schlafräumen. Und jetzt? Jetzt war es ein desolates Camp. Ein verlassenes Gefangenenlager in einem schlechten amerikanischen Film. Tore aufgebrochen, Zäune zerschnitten oder zusammengerollt und abtransportiert, die Wächter verschwunden, Fenster zerschlagen, Türen ausgehängt oder samt Zarge herausgebrochen. Gelegentlich kam wer mit dem Wagen vorbei, um zu sehen, was sich noch demontieren und wegschleppen ließ. Vor den fensterlosen Baracken standen riesige Container, aus denen sich bedienen konnte, wer wollte. Man war davongekommen. Doch auch das nur auf Zeit.

Denn der Krieg war zwar auf den Inseln zu Ende, doch im Hinterland noch lange nicht. Und in Bosnien fing er erst richtig an.

Abedin hatte sich erstmal abgesetzt. Für Milošević kämpfen? Womöglich noch unter serbischem Kommando? In diesem Krieg gegen die eigenen Leute? Das kam für ihn nicht infrage.

„Ich bin doch nicht verrückt", sagte er, „mitmachen in einem Krieg aller gegen alle? Ein Krieg gegen uns selber? Oder sind wir alle schon verrückt?" Und er war vor mir stehen geblieben, hatte sich zu mir umgedreht, mich an der Schulter gefasst und einmal kurz durchgeschüttelt:

„He, sag mal was, du Deutscher. Sind wir alle verrückt geworden, und niemand hat es gemerkt?"

„Du offenbar nicht", sagte ich und legte ihm die Hand auf den Arm, „du hast es gemerkt, sonst wärst du ja wohl nicht abgehauen. Sondern hättest diesen Unsinn weiter mitgemacht, oder?"

„Nein", sagte er, „dafür bin ich nicht in die Armee gegangen und habe gelernt, wie man sich verteidigt", und spuckte den Streichholzrest aus, auf dem er gekaut hatte, „dafür nicht, jebentiboga."

Aber das war, bevor der Krieg über die Grenze nach Kroatien kam und dann in Bosnien richtig losging. Zwischendurch war Abedin für ein Jahr nach Deutschland gegangen. Ein Vetter arbeitete als Busfahrer in Berlin. Die Stadt hatte ihm gefallen. Da konnte man leben. Nur zu viele Türken waren da für seinen Geschmack. Und seine Verwandten liefen jede Woche in die Moschee. Die Frauen alle mit Kopftuch. Das kannte er von zu Hause in Bosnien nicht (noch nicht).

„Musste dir mal vorstellen", hatte er gesagt, „in Berlin, und dann alle mit Kopftuch. Was soll das? Das gab es vor dem Krieg bei uns nicht." Seine Mutter trug Kopftuch im Winter oder wenn's regnete oder im Sommer wegen der Sonne. Das war praktisch und nichts weiter.

Aus Berlin hatte er ihr eins mitgebracht. Grün mit roten Rosen. Sie war damit sofort zu ihrer Nachbarin Aimira gelaufen. Aber nur weil es ein Geschenk von Abedin aus Berlin war. Doch nicht, weil es ein Kopftuch war. Früher liefen in seinem Dorf nur die alten Frauen mit Kopftuch herum, die jungen dachten gar nicht daran. Deren Sorge war eher, ob der Rock kurz genug war. Aber neuerdings trugen sie alle Kopftuch. Und kurze Röcke kamen nicht mehr infrage. Allenfalls in Sarajevo. Da gab es noch beides. Kurze Röcke wippten über langen Beinen. Und daneben diese vom Kopftuch abwärts in knöchellange Gewänder übergehende Verhüllung, unter der dann und wann allenfalls eine Fußspitze hervorstach oder ein wenig Bein durchschimmerte.

D., wo der Hof seiner Eltern lag, war ein kleines Dorf nicht weit von der Stadt L. in Bosnien, an der Grenze zur Herzegowina. Der Hof war nicht groß. Aber weil Abedins Mutter Niva von seiner Großmutter Maria gelernt hatte, nach einem alten Familienrezept Schafskäse herzustellen, der nicht schlechter, vielleicht sogar besser war als der bekannte Livanjski Sir, und sie ihrem Käse einige würzige Kräuter beimischte, von denen die anderen Käseköchinnen nichts wussten oder wissen wollten, und weil sein Vater Ferid mit dem Hänger voller Käseräder die Märkte von Mostar, Konjic und sogar Sarajevo, gelegentlich auch bis Split anfuhr, hatten sie es schließlich auf ihre Weise geschafft. Sie fuhren einen Zastava mit Anhängerkupplung und hatten an ihr Haus ein kleines Häuschen als Appartement angebaut, das sie im Sommer an die Forellenangler aus Deutschland und Österreich vermieteten. Sogar aus Frankreich kamen welche. Im Herbst verkauften sie ihre Flugenten, die sich auf der Wiese zum Fluss an Gras und Schnecken fett fraßen. Schließlich hatte sein Vater sich zusammen mit seinem Nachbarn Ratko auch noch Bienen zugelegt, und der Honig entwickelte sich zu einem richtig guten Zusatzgeschäft. Es gab in der Gegend viele Akazien und sogar Linden. Die Bienen fanden reichlich Futter. Und brachten reichlich Honig.

Alles lief gut und hätte so weiterlaufen können. Bis eines Tages Ratko, derselbe Ratko, mit dem Abedins Vater eine Woche vorher noch zusammen die Sommertracht mit der neuen, selbst zusammengeschweißten Handschleuder aus den Waben gedreht und ihre beiden Frauen den Honig in ausgekochte Marmeladengläser abgefüllt hatten, morgens auf dem Hausdach saß. Und die Enten abknallte. Die Enten, die Abedins Vater hinter dem Garten im Gatter hielt. Eine nach der andern flatterten sie schreiend in einer Federwolke hoch und fielen platt ins Gras, zuckten und waren still. Und als sein Vater zu Ratko rüberbrüllte, ob er verrückt geworden sei, übergeschnappt, und dass er sofort aufhören sollte, hätte er sich um ein Haar selber noch eine Kugel eingefangen, wenn er nicht schnell unters Schuppendach gesprungen wäre. Das war der Anfang vom Ende gewesen.

„Kannst du dir das vorstellen?", fragte Abedin, als wir uns nach seiner Rückkehr aus Deutschland wiedersahen, „sag mal, kannst du dir das vorstellen? Wäre so was bei euch in Deutschland möglich gewesen?"

„Jetzt nicht", sagte ich, „jetzt nicht mehr. Hoffe ich jedenfalls. Aber es gab auch bei uns Zeiten, wo dich ein Nachbar wegen eines falschen Witzes zur falschen Zeit denunzieren konnte. Oder weil du die falsche Frau oder mit den falschen Freunden Umgang hattest. Und dann wandertest du in den Bau oder zum Arbeitsdienst. Wenn du Glück hattest und nicht im Lager landetest. Das haben wir hinter uns. Und die meisten haben es längst vergessen. Trotz vieler Gedenktage. Aber im Osten, in der DDR, weißt du, ging das noch lange so weiter. Bis zum Schluss. Eine einzige kritische Postkarte, in der du Witze darüber machtest, was es alles angeblich im Sozialismus, aber in Wirklichkeit doch nicht zu kaufen gab, konnte dich ein Jahr Knast kosten. Nach dem Motto, kommt jemand bei uns in einen Laden, fragt: ‚Haben Sie keine Strümpfe?' Antwortet die Verkäuferin: ‚Keine Strümpfe gibt's nebenan, wir haben keine Unterhosen.' Konnte allen Ernstes echt Ärger oder sogar ein Strafverfahren geben, so was auf einer Postkarte ins westliche Ausland zu schreiben. Noch mehr Ärger konntest du dir einhandeln, wenn du deinen Verwandten im Westen auf offener Postkarte schriebst, dass du endlich rauswolltest aus diesem Arbeiter- und Bauernstaat, der weder ein Staat der Arbeiter noch der Bauern sei. War das nicht Herabwürdigung des Sozialistischen Aufbaus und der Arbeiterklasse? Oder sogar staatsfeindliche Hetze? So viel zu uns in Deutschland, wenn du mich schon fragst."

Ich schwieg. Abedins Kopfschütteln ließ mich weiterschweigen. Er wollte offenbar meine Antwort nicht hören. Oder nicht wissen. Oder kannte sie schon. Und fragte trotzdem wieder dasselbe. Und ich musste wieder den Kopf schütteln, ich weiß nicht zum wievielten Mal. Abedin wiederholte immer dieselbe Frage:

„Kannst du dir das vorstellen? Unser Nachbar. Unser Nachbar Ratko. Und die Alten waren bis dahin Freunde. Jedenfalls hatten wir das immer gedacht."

„Unglaublich", sagte ich.

Ich wusste, dass das keine Antwort war. Es gab keine Antwort, nur Kopfschütteln. Aber dann dachte ich an das, was die Zeitungen bei uns über den NSU-Prozess schrieben, über diese länger als zehn Jahre andauernde, angeblich so lange unentdeckte Mordserie von Neonazis an Ausländern mitten in Deutschland und die dreisten, ungeahndeten Vertuschungsmanöver der deutschen Sicherheitsbehörden. Und was meine Mutter mir über die Zwanziger- und den Anfang der Dreißigerjahre erzählt hatte. Über die Toten auf den Straßen in Berlin und den einen, den sie selbst auf dem Weg zu ihrer Vorlesung in der Universität morgens in aller Frühe vor dem Eingang hatte liegen sehen, bevor sie ihn abholten. Und hatte sie nicht auch später oft genug wiederholt: „Du kannst dir das nicht vorstellen, Hermann. Ihr habt keine Ahnung, wie es uns damals ging und wie verzweifelt wir waren. Und warum dieser Hitler mit seinen Versprechungen so viel Erfolg bei so vielen von uns hatte. Viele hatten Angst oder waren einfach am Ende. Am Ende mit ihren Hoffnungen. Und mit ihrem Leben."

Ich nickte also geduldig, als Abedin weitererzählte und wieder mit dieser Frage kam. Ich nickte wieder und schwieg. Was hätte ich auch sagen sollen.

Anderntags war Ratko verschwunden. Als Abedins Vater am selben Tag auf der Stelle rüberlaufen, ihn wegen der Schießerei zur Rede stellen wollte, hatte seine Mutter ihn festgehalten, ins Haus zurückgezogen und nur gesagt: „Wenn du willst, dass ich allein bleibe, dann geh rüber. Lebend kommst du nicht wieder, wenn du da jetzt hingehst. Das weißt du."

„Bist du jetzt auch verrückt geworden", hatte sein Vater geschrien, „reicht es nicht, dass unser Nachbar durchgedreht ist? Was ist hier eigentlich los?"

Doch dann hatten sie erstmal angefangen, alle sechzehn Enten, die seine Mutter eingesammelt und ins Haus geschleppt hatte, ohne dass Ratko sich noch mal gerührt oder geschossen hätte, zu rupfen, auszunehmen und im Keller über zwei Waschwannen, in denen schon die Schafswolle aufs Einweichen wartete und vorher noch weggeräumt werden musste, aufzuhängen. Eine Riesensauerei. Und eine Riesenarbeit.

„Kannst du dir so was vorstellen?", fragte Abedin wieder. „Und das Schlimmste: Meine Alten mussten das alles alleine machen. Niemand half, wie sonst im Dorf. Die Nachbarn hatten sich bis dahin immer gegenseitig geholfen. Und auf einmal wagten sie sich nicht mehr aus dem Haus. Aus dem eigenen Haus. In unserem Dorf. Keiner traute dem andern. Alle hatten plötzlich Angst. Kannst du dir das vorstellen? Von einem Tag auf den anderen war im Dorf alles anders.

Und die Nachbarn, unsere Nachbarn, mit denen wir Kaffee getrunken und gefeiert und getrauert und Zäune repariert und Dächer gedeckt hatten, waren plötzlich unsere Feinde. Und behaupteten, wir wollten sie töten."

„Nein", sagte ich. „Ich kann es mir nicht vorstellen. Ich will es mir, wenn ich ehrlich bin, auch jetzt nicht vorstellen. Und was danach kam, erst recht nicht."

Oder doch? Kann ich es mir doch vorstellen? Wenn ich an Bremen denke? An Krieg und Fahnen und Bomben und Schützengräben quer durch unsere Straße? Als zum Schluss noch zwei Männer in schwarzen Uniformen auf einem Motorrad angedonnert kamen, herumbrüllten, mein kleiner Bruder im Kinderwagen aufwachte und anfing zu weinen, und meine Schwester weinte mit? Und wir alle, auch meine Mutter und Frau Mangels aus der Wohnung unter uns, die Schwarz trug, weil ihr Sohn mit seinem U-Boot nicht mehr aufgetaucht war, und die Nachbarn von nebenan, alle sollten wir das Straßenpflaster vor unserem Häuserblock aufreißen? Und zwar sofort! Das ist ein Befehl! Spaten und Schaufeln hätte ja wohl jeder? Alle sollten mithelfen, einen Schützengraben quer durch unsere Straße zu graben?

Und als der alte Cordes gegenüber ein weißes Bettlaken auf einer Leine zwischen seine Mansardenfenster band, hatten die beiden Männer wieder losgebrüllt, waren rübergestiefelt, hatten die Gartentür eingetreten, waren die Treppe raufgepoltert, und wir hatten es zweimal knallen gehört? Nur zweimal ein kurzer, scharfer Knall, und nicht laut? Frau Mangels hatte aufgestöhnt und die Hand vor den Mund geschlagen, und meine Mutter hatte mich an sich gezogen und mein Gesicht in ihre Schürze gedreht, aber ich hatte schon alles gesehen, wie er die Treppe runtergerollt und im Vorgarten liegen geblieben war? Die beiden Männer waren wieder zu uns rübergekommen und hatten breitbeinig Worte gebrüllt, die ich nicht kannte? Und einer von den beiden legte dabei seine Hand auf die Pistolentasche? Aber wir blieben stehen, und niemand rührte sich, und niemand sagte was? Schließlich mussten doch alle mitmachen, und ich auch? Fahrradfahren kam nicht mehr infrage? Kann man sich so etwas vorstellen? (Vorstellen? Wieso vorstellen? So war es. So war es tatsächlich. Wer hätte sich das ausdenken können?)

Als der Graben fertig war, musste ich mit meinem Bruder und meiner Schwester im Keller und später im Bunker bleiben. Und das Licht ging aus und nicht wieder an. Und es blieb dunkel im Bunker, der bei nahen Einschlägen schlingerte und wieder schlingerte und stampfte und kein Bunker, sondern ein großes Schiff war, bis wir nach zwei Tagen wieder rauskamen, das Tageslicht blendete und die Augen tränten. Auf den Erdhaufen vor dem Schützengraben, den wir mit den Nachbarn und den Männern vom Volkssturm in unsere Straße gegraben hatten, saßen Soldaten oder standen davor, das Gewehr in der Hand, und rauchten, manche lachten, und andere spuckten aus, als wir vorbeigingen. Sie trugen andere Uniformen und andere Helme als unsere Soldaten und waren überhaupt nicht unsere Soldaten und redeten englisch, was niemand verstand. Wir gingen stumm an ihnen vorüber, senkten die Köpfe und sahen sie nicht an. Oder doch nur kurz im Vorübergehen?

Ich will nicht mehr daran denken. Es waren bodenlose Zeiten. Was soll's, und wen interessiert das heute noch? Wenigstens hilft mir die Erinnerung an unsere eigenen Verrücktheiten, Abedins Frage zu verstehen. Aber hilft Abedin das? Ich habe meine Zweifel. Und hilft mir das, ihn wiederzufinden?

Lieber denke ich daran, wie wir, meine Frau Marina und ich, Abedins Eltern das erste Mal besuchten. Es war auf unserer Rückreise von der Insel. Wir hatten unseren Fiat ... Aber bevor wir ihn vollpacken und losfahren, muss ich noch kurz die verrückte Geschichte von dem Kriegsschiff erzählen. Denn vor ein paar Tagen, sie liegt noch vor mir auf dem Tisch, schrieb meine Lieblingszeitung Slobodna Dalmacija, das heißt „freies Dalmatien", die kürzlich mit großer Sondernummer ganz in Rot ihr 80-jähriges Bestehen als erste Partisanenzeitung auf unserer Insel feierte, dass die *SPLIT* verschrottet werden soll. Muss man sich mal vorstellen: die *SPLIT*! Verschrottet!? Ist noch gar nicht lange her, dass wir, Abedin und ich, Blut und Wasser schwitzten, als wir sie sahen. Und jetzt – einfach verschrottet, einfach so, pff ...

Wir, Abedin, Toma und ich, waren Beobachter, als sie die *SPLIT* außer Gefecht setzten. Wir halfen dabei. Viel war's nicht, was wir damals tun konnten, aber immerhin, Abedin gab das Stichwort.

Die *SPLIT* war damals das modernste Kriegsschiff der jugoslawischen Marine, ein Raketenzerstörer. Zusätzlich zu dem Geschützturm mittschiffs und dem Flugabwehrgeschütz auf dem Vorschiff noch mit vier Raketenabschussrampen bestückt, zwei an jeder Seite. Mehr ging nicht rauf. Also die neueste Technik damals. Und dieser Koffer kreuzte vor Split und zwischen den Inseln und feuerte tatsächlich mehrere Raketen auf seinen eigenen, gleichnamigen Heimathafen, eine sogar auf unsere Insel ab. Versenkte auch einen holländischen Segler, der das Fahrverbot missachtet hatte und sich Richtung Westen absetzen wollte.

Eigentlich hatte Toma den Auftrag. Der nahm Abedin mit, weil der besser mit Funkgeräten umgehen konnte. Toma hatte zwar einen Partisanenkampflehrgang mitgemacht und wusste, wie man am Meer und im Wald von Pflanzen und Tieren überleben konnte, hatte aber von Funkgeräten keine Ahnung und fragte Abedin. Und Abedin nahm mich mit, weil er wusste, dass ich einen guten Feldstecher für meine ornithologischen Beobachtungen auf der Insel hatte. Wir sollten per Funk die Position der *SPLIT* nach Milna durchgeben. Und natürlich jede andere Schiffsbewegung zwischen den Inseln und jenseits der Durchfahrt der Splitska Vrata auf dem offenen Meer.

Aber es kam nichts. Meer und Himmel waren leer. Wolkenlose Mittagsstille. Nichts rührte sich. Nur dieses schnittige, hellgraue Trumm von Kriegsschiff vor uns. Und der tiefe Brummton seiner Maschinen. Eine dauernde, dröhnende Drohung, die mit dem Maestral sanft an- und abschwoll. Wir hockten auf dem Hügel unterhalb der Kapelle des Heiligen Martin und hatten Angst. Mein Mund war trocken vor Angst. Ich wagte kaum, mir die Fliegen aus dem Gesicht zu wischen. Und immer dieses ferne, dunkle Motorendröhnen. Wir lagen ohne Deckung auf dem Präsentierteller, starrten mit und ohne Feldstecher auf das Schiff und drückten uns zwischen die Steine. Unsere Tarnung war lächerlich. Die Zypressen vor der Kapelle hatten sie beim letzten Waldbrand gefällt, um das Kapellendach zu retten. Der Hügel war kahl bis auf ein paar dieser dornigen Büsche, Macchia eben, nichts weiter. Wir hatten von unten einige Maulbeerbaumzweige mitgenommen. Aber das wenige Laub welkte in der Hitze weg und hing schlapp, ehe wir oben ankamen. Wir lagen deckungslos in der Sonne. Einen Sonnenschutz herzurichten, kam nicht infrage. Und immer dieses dunkle Motorendröhnen. Das machte uns fertig. Entgegenzusetzen hatten wir nichts. Ein einziger gezielter Schuss aus einem dieser Präzisionsgeschütze hätte uns drei sofort erledigt.

Wir waren sicher, dass die auf dem Zerstörer mit ihrer optischen Superausrüstung uns längst entdeckt hatten. Wahrscheinlich hatten sie auch gesehen, dass wir unbewaffnet waren. Wir wagten nur zu flüstern, als wenn das was genützt und uns unsichtbar gemacht hätte. Wir starrten auf das Schiff, das auf der gleißend glatten Wasserfläche langsamlangsamlangsamlangsam näherglitt, und warteten auf den Schuss. Einmal schwenkte der Geschützturm langsam in unsere Richtung. Wir hielten die Luft an. Dann schwenkte er ebenso langsam zurück und in Richtung Šolta. Doch ein Schuss fiel nicht. Die *SPLIT* lief weiter mit halber Kraft auf die Durchfahrt zwischen den Inseln unter uns zu. Und immer dieses sanfte, dunkle Motorendröhnen, das der Maestral mal dämpfte, mal verstärkte. Es war das einzige Geräusch. Selbst die Möwen hatten ihr katzenhaftes Gejaule eingestellt und schwiegen. Als das Schiff die Bucht Tiha passiert hatte, gab Abedin das Stichwort „Tiha" durch. Nur dieses eine Wort. Danach schaltete er das Funkgerät sofort wieder aus und schob es unter einen Stein. Ich weiß noch, dass er was von Ortung sagte. Ich wusste nicht, was er meinte, aber für Fragen war keine Zeit.

Tiha heißt Stille. Das war das Signal. Eine gewaltige Sprengladung ging am Ufer los und riss eine Wand aus Wasser und Schotter aufrauschend hoch. Automatisch schwenkte der Geschützturm der *SPLIT* in Richtung auf das Detonationsgeräusch. Im selben Augenblick feuerte das einzige Geschütz, das sie gegenüber auf Šolta installiert hatten, in schneller Folge vier Schuss ab. Viel mehr von dieser panzerbrechenden Spezialmunition hatten sie wohl auch nicht. Der erste Schuss lag zu kurz, doch die Richtung stimmte, der zweite ging drüber weg, der dritte war ein krachender Volltreffer mittschiffs am Fuß ihres Geschützturms, der vierte Schuss schlug im Heck ein, und schwarzer Rauch quoll hoch. Wir sprangen auf und schrien. Unsere Angst war weg. Wir schrien und tanzten. Warum tanzten wir vor Freude, während da unten in dem grauen Kasten vielleicht ein Maschinist erstickte oder verblutete? Die *SPLIT* war noch eingeschränkt manövrierfähig, drehte ab und verschwand unter schwarzer Rauchwolke nach Osten Richtung Kotor.

Und jetzt lese ich in der Slobodna Dalmacija, dass die Montenegriner diesen Stolz der jugoslawischen Marine tatsächlich für weniger als eine Million Euro zum Verschrotten nach Albanien verkauft haben. Die Montenegriner, nach Albanien, muss man sich mal vorstellen. Und damals, in diesem sinnlosen Krieg, war es das Neueste, das Modernste, was sie hatten, der Stolz der Marine. Manöverberichte und Fotos in allen Zeitungen, auch in der Slobodna. Die *SPLIT* am Tag der Marine im Hafen von Split, davor Männer in weißen Uniformen, Ordensbänder auf der Brust, die weiße Handschuhhand am Mützenschirm. Und Abedin und ich halfen dabei, das Ding lahmzulegen. Genützt hat es nicht viel. Der Krieg aller gegen alle ging weiter. Die Serben hatten noch genug schweres Material. Und setzten es auch ein. Soweit zum Kriegsschiff und der Zeitungsmeldung in der Slobodna.

Übrigens, auch auf der *SPLIT* sollen sie bei anderer Gelegenheit an Deck getanzt haben. Als sie in der Bucht vor Šibenik kreuzten, feuerten sie eine Rakete auf die Kuppel dieses wunderbaren Renaissance-Doms von Juraj Dalmatinac, der seine Baukunst in Venedig gelernt hatte. Die Rakete traf, durchschlug zwei der gewaltigen Dachplatten dieses damaligen architektonischen Wunderwerks und riss ein Riesenloch. Doch die Kuppelkonstruktion hielt stand. War ja erdbebensicher konstruiert. Und auf dem Schiff sollen sie nach dem Treffer getanzt haben. Als das später bekannt wurde, schrieb Slobodna Dalmacija von den „serbischen Barbaren". Mit Recht, finde ich. Doch gilt das nur für die Serben? Oder auch für uns? Und alle anderen Kriegführenden? Ich frage nicht weiter.

Meine Frau und ich waren startklar. Wir hatten unseren Fiat Punto (meine Frau ist Fiat-Fan, und seit glücklichen Zeiten in Italien, die aber mit dem Auto nichts zu tun haben, will sie nichts anderes fahren), wir hatten also unseren Fiat bis unters Dach vollgestopft. Mit Büchern, Bildern, Klamotten, meine alte Geige war dabei, auf der ich nur noch selten spielte, eine Staffelei und unsere Farbkästen, was man eben so zum Leben braucht. Die damaligen Fährschiffe waren klein im Vergleich zu den heutigen Riesenkästen mit ihren hydraulischen Rampen und Zwischendecks. Es war Glückssache, ob man zu Saisonende aufs erste Morgenschiff kam. Aber wir hatten Glück und kamen glatt durch.

Hinter Split, hinter der weißen Bergfestung Klis, auf der seit dem Sieg gegen die Türken die österreichische, später die jugoslawische und seit dem Ende Jugoslawiens und der Unabhängigkeit Kroatiens die kroatische Flagge wehte, wand sich die Straße in die Berge. Kein Gedanke an die jetzige Autobahn, auf der man über Brücken und durch Tunnel nach Norden dahinrauscht. Links sah man zwischen Felswänden unter sich in der Ferne das Meer. Es ging ohne Horizontlinie in ein Licht über, das leichter war als alle Farben, auch als die weißgrau verfließenden Wasserfarben des Meeres. Dann schob sich eine Felswand dunkelgrau davor. Und man war in den Bergen.

Wir ließen uns Zeit und kamen am späten Nachmittag in L. an. Von da war es nicht mehr weit. Abedin hatte uns alles, einschließlich Tankstelle, Rastplatz und Abzweigung hinter der großen Grillterrasse, wo wir ihn Jahre später noch einmal treffen sollten, genau beschrieben. Dass das letzte Stück Schotterstraße war, hatte er uns nicht gesagt. Damals war der Balkan noch ein wilderes Land und nicht so asphaltiert wie heute mit den Geldern der EU.

Es war wie auf den Bildern dieser Naiven. Noch jetzt sehe ich jedes Mal, wenn ich Reproduktionen der Bilder von Ivan Generalić oder einem seiner Malerkollegen betrachte, Abedins Dorf. Die einzelnen Häuser mit roten Ziegel- und braunen Strohdächern zwischen Hügelrücken, von manchen nur ein roter oder brauner Ausschnitt, hingetupft hinter Grün und wieder Grün, auf dem Grün einzelne Kühe oder Schafe. Bosnien ist ein grünes Bergland. Der Himmel blaugrau, sagen wir helles Taubenblau, mit wenigen, übertrieben dick und weißer als weiß hineingemalten Wolken mit runden Wolkenrändern. Unter Bäumen – Zwetschgen-, wohl auch Apfel- und viele Nussbäume – scharrten Hühner unter Aufsicht eines schwarzroten Hahns. In einem Gatter regten Enten oder Gänse sich auf, als wir vorüberfuhren, Schotter wegspritzte und gegen die Holzpfähle klirrte. Wann fuhr schon mal ein Auto durch D. Zwischen den Häusern Strohschober und die Spitzhüte dieser hohen, sorgfältig um eine Stange geschichteten Heumieten. An eine Moschee kann ich mich nicht erinnern. Wenn es eine gab, war sie klein und fiel nicht ins Auge. Anders als die neue Betonmoschee mit ihrem blanken Kupferdach und übergroßen Minarett, die wir bei unserem dritten Besuch sahen.

„Arabisches Geld", hatte Abedin gesagt, als ich ihn fragte, „die Scheichs waren die Einzigen, die uns im Krieg halfen. Europa hat uns im Stich gelassen, ausgenommen ihr Deutschen. So war das. Und dafür müssen wir jetzt zahlen. Und bauen, was sie für uns zahlen. Auch wenn wir es nicht wollen. Aber viele von uns wollen das auch neuerdings. So ist das nun mal."

Ob auch eine oder sogar zwei kleine Kirchen das Bild abrundeten, weiß ich nicht mehr. Vielleicht stand da eine, war uns aber zwischen Bäumen nicht weiter aufgefallen. Im Hintergrund ein Stück Fluss, der gleich wieder hinter grünen Hügeln verschwand. Waren Vögel in der Luft? Und flatterten kunstgerecht mit schwarzen Flügeln? Oder hing eine zu große, zu rot untergehende Sonne über runden Bilderbuchbäumen? Jedenfalls wurde ein Feuer gemacht. Weißer Rauch quoll aus dem Schornstein eines winzigen Grillhäuschens, und Rauchgeruch zog bis zu uns herüber, als wir das Wagenfenster herunterkurbelten und nach dem Haus von Abedins Vater fragen wollten. Denn eine Hecke hatte jetzt einen undurchsichtig dunkelgrünen Keil mitten ins Bild geschoben und nahm uns die weitere Sicht. Aber da tauchten schon die winkenden Arme von Abedins Vater und schließlich dieser selbst hinter der Hecke auf, er winkte und winkte weiter, nun nicht mehr mit Armen, sondern aus Handgelenken, winkte uns ein auf den Parkplatz zwischen Hecke und Schuppen, winkte und rief, die Peka sei gleich soweit: „Dobro Došli!" Herzlich willkommen!

Wir gingen auf das Haus zu, und das kleine weiße Haus mit den grünen Fensterläden wurde mit jedem Schritt kleiner, der Garten aber, der Blumengarten unter den beiden Fenstern, wuchs mit jedem Schritt, wurde größer und größer, überwuchs das Haus, und die Malven in Rot, Rosa und Dunkellila ragten bis an die Dachgosse und neigten sich zu uns herab. Über den Zaun aus gespitzten, mit Drahtschlingen verbundenen Holzlatten wälzten sich Rosen. Dazwischen standen große, unnahbar weiße Lilien, ganze Lilienbüsche, wie wir sie noch nie gesehen hatten.

Dann bellte ein Hund. Ein kleiner schwarzer Hund trabte auf federnden Pfoten bellend auf uns zu, blieb stehen, sprang jaulend an uns hoch, wedelte, wollte wedelnd gestreichelt werden, noch mehr gestreichelt, lief uns voran, hetzte hechelnd zurück und begleitete uns bis an den Zaun.

„Sieh dir das bloß an", sagte meine Frau und blieb stehen, „diese Lilien! Und die Malven! Siehst du die da, diese Dunkle, lila, das Lila ist ja fast schwarz. Solche hab' ich noch nie ... und der Duft, dieser Lilienduft, du, das ist ja Wahnsinn, das erinnert mich irgendwie ... und dahinten, diese Riesentomaten, auch die duften sogar, riechst du das auch, sieh doch mal, das ist ja ..."

Bevor sie sagen konnte, woran sie dieser Duft erinnerte, an Krankenhausbesuche vielleicht oder an Friedhofsblumen oder auch nicht, denn Tomaten gehörten auf jeden Fall zu ihren Lieblingsfrüchten, tauchte ein lachendes Gesicht hinter dem Zaun zwischen Malven und Lilien und Rosen auf. Ein braunes, von Falten und Lachfalten durchzogenes rundes Gesicht. Wischte sich mit rundem Handrücken eine Strähne aus der Stirn, kam lachend mit Rosen und Lilien im einen und einer Schüssel Tomaten im anderen Arm auf uns zu, legte Blumen, Küchenmesser und Schüssel auf dem Blechdeckel der Regentonne ab, hieß Niva, küsste erst Marina, dann mich beidseits und immer noch lachend und war Abedins Mutter.

Es sollte nur ein kurzer Besuch sein. Wirklich nur ein kurzer Besuch. Wir wollten auf einen Kaffee vorbeikommen, Grüße von Abedin ausrichten und dann weiter Richtung Zagreb, Maribor, Österreich. Aber daran war nicht zu denken. Niva lachte geradezu über den unsinnigen Gedanken. Wir waren Freunde ihres Sohnes. Oder etwa nicht? Na also! Natürlich mussten wir zur Nacht bleiben. Weiterfahrt kam überhaupt nicht infrage. Wollten wir sie und Abedin beleidigen? Alles war vorbereitet, die Ente und die Peka rochen unwiderstehlich gut, das Bett war gemacht. Wir schliefen im Anglerhäuschen. Keine Widerrede. Der Orachovac stand auf dem Messingtablett. Also noch mal prost und dobro došli! Der Nussschnaps war, wie er sein sollte, und der Schinken und der Käse auch. Dann mussten wir erzählen. Wo hatten wir Abedin das erste Mal getroffen? Wo und wann ihn zuletzt gesehen? Was macht er jetzt? Unser guter Junge. Seine Mutter zupfte ein Tuch aus der Schürzentasche und drehte es zwischen den Fingern.

Nach dem Essen kam Nachbar Ratko noch auf ein Glas, um die Besucher zu begrüßen, und weil er neugierig war. Ratkos Vater war aus Belgrad.

„Früher", hatte Abedins Mutter leise gesagt, obwohl ihr Nachbar noch gar nicht da war, „früher konnten wir mit ihm über alles reden."

„Jetzt auch noch", hatte Abedins Vater gesagt. „Außer über Politik und Milošević."

„Aber über Bienen", hatte seine Mutter gesagt, und wir hatten gelacht. Und dann geschwiegen. „Nur über Bienen?"

„Unsinn", hatte Abedins Vater gesagt, „das werden wir sehen. Mit Ratko kann man reden. Das wollen wir doch mal sagen. Jedenfalls solange er nicht den Unsinn nachredet, den neuerdings die Zeitungen schreiben. Ustaschi sollen wir sein, Faschisten? Die Serben sollen wir vertreiben wollen? Sie sollen sich gegen uns schützen müssen, weil wir sie umbringen wollen? Töten würden wir sie alle, wie die Ustaschi während der deutschen Besetzung im vorigen Krieg schon einmal die Serben getötet haben."

„Was für ein verdammter Blödsinn, jebentiboga. Glupost! Verdammte Dummheit! Gegen wen müssen sie sich verteidigen? Gegen dich?" Und er sah erst mich, dann seine Frau an. „Oder gegen mich? Oder gegen Abedin? Oder unseren Hund? Und haben die vergessen, dass wir hier, in diesem Dorf, in diesem Land Bosnien jahrzehntelang friedlich zusammengelebt und -gearbeitet und dieses Land aufgebaut haben? Bratsvo Jedinstvo – Brüderlichkeit und Einigkeit. Was sollte sich denn, bitte schön, daran für unser Land und unser Dorf ändern und warum, wenn die Kroaten ihren eigenen Staat wollen. Sollen sie ihn doch haben, wenn sie uns hier in unserem Bosnien und in unserem Dorf in Ruhe lassen und wir weiterleben und meinetwegen auch beten können, wie wir wollen, oder nicht beten, wenn wir nicht wollen? Und meinetwegen auch jeder in seiner Kirche und am Ende auf seinem eigenen Friedhof, bitte schön. Warum denn nicht? War es nicht schon immer so? Es hat nur niemand vorher davon so viel Aufhebens gemacht wie jetzt dieser Milošević, dieser ... Kriegshetzer, dieser Verbrecher, dieser ... und diese Zeitungen, Lügner verdammte ... Wirrköpfe."

„Sei ruhig", sagte Abedins Mutter, „sei endlich still und rede nicht mehr von Politik, da kommt er." Und wir sahen einen kleinen, hageren Mann in schwarzer Hose mit schwarzer Baskenmütze langsam durch den Garten aufs Haus zukommen, und der Hund sprang an ihm hoch und freute sich und lief voran und wieder zurück, und der Mann warf ihm etwas zu, war's ein Wurstzipfel oder ein Holzstück, jedenfalls schnappte der Hund es und lief damit weg, und der Mann stand in der Tür, hatte einen festen Händedruck und einen zarten Knoblauchgeruch, nahm die Mütze ab und sagte leise: „Ich bin Ratko."

Niva langte die Plastikflasche vom Wandbrett und goss den guten Nussschnaps nochmal nach, auf zwei Beinen steht man besser, fand ein neues Glas auch für Ratko und sagte lachend: „Prost. Alles Natur. Der Baum steht dahinten an der Scheune. Auf die Jugend. Auf den Frieden!"

„Auf Deutschland!", sagte Ferid.

„In Ordnung", sagte Ratko.

„Auf die Bienen", sagte Niva.

„Auf ihre Gesundheit und auf Bosnien", sagte ich, und als sich das Gelächter gelegt hatte: „Danke, der Orahovac ist wirklich gut."

Bevor das Gespräch begann, bevor es dunkel wurde, mussten wir noch das Haus und den Hof besichtigen. Den neuen Traktor aus Kragujevac, leuchtend rot lackiert. Man konnte eine Mähmaschine anschließen oder auch eine Säge fürs Feuerholz. Die Maisernte war im Gange. Kolben häuften sich unter einer Plane. An der Schuppenwand hingen Zwiebelbündel. Im ausgebauten Kellerzimmer trockneten große und kleine Käseräder in Dreierreihen nach Alter und Größe auf einer riesigen Tischplatte. Das war die Werkstatt seiner Mutter. Stolz erklärte sie meiner Frau die Geheimnisse der Käsefabrikation. Bis auf die Gewürzmischung. Die blieb geheim. Abedins Mutter lächelte und wickelte einen Käse von gut anderthalb Kilo ein. Erst in Packpapier, dann in eine Plastiktüte, zu Hause gleich wieder auswickeln und in ein Tuch oder einen Stoffbeutel hängen. Und nicht in den Kühlschrank, da verliert er Aroma und wird hart. Den Schimmel nicht wegschneiden, nur abbürsten oder mit dem Messerrücken abkratzen. Käse will atmen. Ist für die Reise. Deutschland ist so weit. Sie lachte.

Widerrede half nicht. Wir waren in Bosnien. Bosnien vor dem Krieg. Nach dem Essen goss Niva allen noch einen letzten kleinen Schluck ein, für die Verdauung. Und sie wollte noch einmal von uns hören, wie es Abedin ging, und Ratko wollte wissen, ob sie in Berlin noch Bauarbeiter suchten und ob man eine billige Wohnung finden konnte, und dann redeten sie doch noch über die Inflation und die Wirtschaft und lautstärker über Milošević und die Slowenen und die Kroaten, die aus diesem Staat rauswollten.

„Und wohin, bitte, soll das führen?", fragte Ratko.

„Aber sollen sie doch", meinte Ferid, „solange sie uns hier in unserem Dorf und in unserem Bosnien in Frieden lassen."

„Das werden sie nicht", sagte Ratko, „dann müssen wir uns hier verteidigen."

„Wer hier?", fragte Ferid, „wen meinst du damit und gegen wen? Gegen mich? Oder gegen Niva? Oder den Hund?" Die Antwort war ein allgemeines, längeres Schweigen.

In das Loch aus Schweigen fragte Niva etwas Praktisches. Nämlich, wenn sie die Flugenten demnächst wieder verkaufen würden, und sie sah Ferid an, war es dann bei dieser Inflation nicht besser, dafür Mais oder Mehl oder Öl zu nehmen statt Geld, das bald nur noch Papier war, oder? Doch wer wusste auf solche Fragen schon eine Antwort?

Aber der Honig, da waren sich Ferid und Ratko einig, das war eine gute Sache. Nur brauchten sie eine neue Schleuder.

Die wollten sie zusammen bauen. Dann ging Ratko, und wir waren müde.

Wir schliefen im Anglerzimmer in einem großen dunklen Ehebett unter gewaltigen Bettdeckenbergen. Auf dem Kleiderschrank hatte der letzte Gast aus München seine Ausrüstung liegen lassen, Ruten, Rollen, Kescher, Futterale, Fliegenkästen. Am Haken hing seine grüne Jacke mit den vielen aufgenähten Taschen und Ködertäschchen. Bis nächstes Jahr.

„Ich hoffe, es stört nicht", hatte Abedins Mutter gesagt, als sie uns das Zimmer zeigte. „Ein netter Mann, kommt schon das dritte Jahr, will auf jeden Fall nächstes Jahr wieder kommen, gefällt ihm hier. Hat auch jedes Mal einen ganzen Käse gekauft."

Aber es gab kein nächstes Jahr und keinen Käse mehr. Ahnten wir was, frage ich mich jetzt. Mag sein, dass wir was ahnten. Aber wir hatten keine Ahnung von dem, was wirklich kam.

Das Bett war für Riesen gebaut. Laken und Bezüge waren aus glattem Leinen und gebügelt und rochen nach Wiese und Fluss. Die Bettdecken waren kühl und schwer. Eine Stimme, die Stimme meiner Frau als junge Frau, sagte, als ich den Lichtschalter gefunden hatte und mich in ihre Richtung zurück tastete: „Du, ich weiß nicht, ob es hier geht." Aus dem Dunkel kam leises Gekicher.

Wir fanden einen dieser Deckenberge völlig ausreichend für zwei und schoben den anderen mit Händen und Füßen vor den Kleiderschrank mit den Angelgeräten. Obwohl die Fahrt lang und das Essen schwer gewesen und auch nach Nussschnaps nicht leichter geworden war, ging es wunderbar, und das massive Riesenbett war geräuschloser als die Stimme des Mädchens an, auf, hinter, neben, in, über, unter, vor und zwischen mir.

Ich hatte eine große Forelle gefangen und stand zwischen anderen Anglern in Gummistiefeln auf einem Foto im grünen Fluss zwischen grünen Hügeln. Am Morgen hing das Foto im Plastikrahmen über dem Waschtisch mit der Schüssel und der großen Wasserkanne. Und der Mann mit der kapitalen Forelle im Arm in der Mitte des Fotos war nicht ich. Wahrscheinlich war es der Angler aus München, in dessen Bett wir geschlafen hatten.

Die Forelle gab es dennoch. Geräuchert zum Frühstück auf der kleinen Holzterrasse über dem Hof. Und Eier und Brombeermarmelade und Schinken und Käse und Honig, und alles war selbst geerntet, selbst gemacht oder selbst geräuchert und schmeckte auch so. Mit einem Wort: herzhaft. Nur das Brot nicht, das hatten sie für uns vom Bäcker im Dorf geholt. Aber Abedins Mutter hätte wohl auch das selber und besser machen können.

Am Morgen nach dem Entenmassaker war Ratko, wie gesagt, verschwunden. Als Abedins Vater am selben Tag auf der Stelle hatte rüberlaufen, ihn wegen der Schießerei zur Rede stellen wollen, hatte seine Mutter ihn festgehalten und nur gesagt: „Wenn du willst, dass ich allein bleibe, dann geh rüber. Lebend kommst du nicht wieder, wenn du da jetzt hingehst. Das weißt du."

„Bist du jetzt auch verrückt geworden", hatte sein Vater geschrien, „was ist hier eigentlich los?" Doch dann hatten sie erstmal angefangen, alle sechzehn Enten, die seine Mutter eingesammelt und ins Haus geschleppt hatte, ohne dass Ratko sich noch mal gerührt oder geschossen hätte, zu rupfen, auszunehmen und im Keller über zwei Zinkwannen, in denen schon die Schafswolle aufs Einweichen wartete, aufzuhängen. Eine Riesensauerei. Und eine Riesenarbeit.

„Kannst du dir so was vorstellen?", fragte Abedin wieder. „Und das Schlimmste, sie mussten das alles alleine machen. Niemand half, wie sonst im Dorf." Aber das wissen wir bereits.

Als Abedins Mutter schließlich am nächsten Abend hinübergegangen war, war nur Ratkos Frau im Haus gewesen, hatte in der Küche gesessen und geweint. Und als sie Abedins Mutter gesehen hatte, war sie aufgestanden, die beiden Frauen waren einander in die Arme gefallen und hatten schweigend zusammen weitergeweint.

„Ich weiß nicht, was mit ihm los ist", hatte Ratkos Frau Aimira zu Abedins Mutter gesagt. „Er sagt, ihr werdet uns töten. Aber warum denn bloß? Er ist zu Bobans Leuten gegangen. Sie werden dort alle bewaffnet. Es sind zwei Lastwagen mit neuen Waffen gekommen."

„Ich hoffe, du glaubst das nicht etwa", hatte Abedins Mutter geantwortet. Und noch gefragt, ob sie ihr eine von den Enten rüberbringen sollte, sie könnte sie gleich in den Ofen schieben. „Um Gottes Willen", hatte sie gesagt, „wenn er wiederkommt und mich fragt. Am besten, du gehst jetzt. Ich weiß nicht, was aus uns werden soll."

Da war seine Mutter schließlich kopfschüttelnd wieder gegangen. Woher ich das weiß, obwohl ich nicht dabei war? Ich weiß es von Abedin. Er hat mir von diesem Gespräch der beiden Frauen hinterher so oft erzählt, dass ich inzwischen nicht mehr sicher bin, ob ich nicht doch dabei war. Ich war nicht dabei. Ich habe Abedins Mutter, die fröhliche, handfeste Niva, bei unserem ersten Besuch in D. in ihrem Haus zum letzten Mal gesehen.

Wieder saßen wir vor dem gelben Erholungsheim der Metaller aus Kikinda. Aber das Haus war leer. Auch die Kantine im Parterre war schon ausgeräumt. Aus einem Container zwischen den Palmen ragten zerschlagene Stühle, Lampen, alte Vorhänge, ein Kühlschrank. Es gab kein Erholungsheim mehr, und aus Kikinda würde niemand mehr nach Milna und auf unsere Insel kommen. Jedenfalls nicht so bald wieder. Schon gar nicht, um hier im Sommer unter Palmen zu tanzen. Vor dem Haus hatten sie neue Bänke aufgestellt. An der Tür gab ein neues Schild in Gold auf Schwarz bekannt „Gemeindeverwaltung Milna". Darüber glänzte das kroatische Staatswappen.

Auch der Makedonier nebenan mit seiner Eistheke war verschwunden. Sein Sohn Ahmed hatte die Kugeln mit dem Eislöffel so kunstvoll hochgeworfen und mit der Waffeltüte aufgefangen, dass mein Sohn Helmut mit offenem Mund das Eislecken vergaß. Eine neue Zeit hatte begonnen. Ohne Ahmed und ohne Eis. Aber mit neuem Staatswappen. Bis Ahmeds Vater später in Milna wieder aufgetaucht war. Mit neuer Arbeitserlaubnis und neuer Eistheke. Aber ohne Ahmed. Und seine kleine Frau war unter dem schwarzen Kopftuch noch kleiner geworden.

Im Selbstbedienungsladen von Dalma standen an der Kasse vor mir ein Mann und eine Frau. Sie kauften zwei Eier und ein Stück Weißbrot. Wer bis hierher gelesen hat, liest richtig: zwei Hühnereier und ein kleines Stück Weißbrot. Das war der ganze Einkauf. Die Verkäuferin verstand nicht gleich. „Welches Brot, das da? Oder das dunkle?"

Sie wollte schon ungeduldig werden. Doch dann verstand sie. Kein ganzes Brot, auch kein halbes, nur das Stück, das kleine Stück in der Ecke, das von der Marenda der Verkäufer übrig und im Regaleck liegen geblieben war, das wollten die beiden kaufen. „Wie viel kostet das?" Die Verkäuferin nickte, wickelte das Stück Brot ein, hob die Eier vorsichtig in eine Tüte und schob alles aufs Band. Er hielt ihr einen Zettel hin. Sie nickte wortlos noch einmal, nahm den Zettel, drückte ihn auf einen Drahthaken, an dem schon andere Zettel hingen, und winkte ihn durch. Die Hände des Mannes, als er die Tüte mit den Eiern und das Stück Brot behutsam vom Band aufnahm und den Tütenrand einrollte, waren weiß und von einer knochigen Magerkeit, die sie fast durchsichtig machte. So sieht Hunger aus, dachte ich. Hattest du Kriegskind das schon wieder vergessen?

„Geben Sie dem Herrn bitte ein Brot", sagte ich zur Verkäuferin. „Ich werde das erledigen."

„Nein, danke", sagte der Mann, „sehr freundlich von Ihnen", nahm die Tüte und das eingewickelte Brotstück und wandte sich ab. Die Verkäuferin wischte sich übers Gesicht.

„Ich halt das bald nicht mehr aus", sagte sie leise, sah dem Mann nach, wie er vorsichtig die Schnüre des Fliegenvorhangs zur Seite schob, die Ladentür aufdrückte und mit seiner Frau hinaustrat. Dann schluchzte sie los. Hinter mir entstand eine Schlange schweigend wartender Käufer, und jeder sah woanders hin: auf den Boden, auf das leere Band vor der Kasse, auf das verglaste Zigarettenregal, auf den Luftquirl, dessen Flügel sich in der stickigen Luft, die nach altem Fisch und frischem Brot roch, drehten und drehten, langsamer drehten, nicht stecken blieben, sondern noch langsamer weiterdrehten.

„Verfluchter Krieg", murmelte ein Mann, „verfluchter Milošević."

„Das sind doch auch Menschen", schniefte die Verkäuferin, „unsere Leute sind das, aus Bosnien, aus der Lika, was weiß ich von wo, na und? Sie sehen ja, wie fertig die sind. Aber sie wollen nicht. Sie wollen nicht reden. Und sie wollen sich nicht helfen lassen. Vielleicht ist es der Schock. Ich will nicht wissen, was manche von denen erlebt haben. Es ist furchtbar. Ich halt das nicht mehr lange aus. Die kommen hier mit diesen Zetteln. Geld hat niemand von denen, na und?"

„Ich hätte dem Herrn das Brot gerne bezahlt", sagte ich.

„Danke", sagte sie, und wischte sich übers Gesicht, „ich weiß, aber Sie sehen ja ..."

Erst waren es Einzelne. Dann waren es Dutzende. Sie standen vor dem Laden. Sie warteten vor der Bäckerei auf Brot vom Vortag. Sie saßen auf den Bänken vor der Kirche. Sie saßen dort unter den Palmen, sahen auf das Meer und schwiegen. Und man sah ihnen an, dass das Meer ihnen egal war. Wenn sie gingen, gingen sie langsam und irgendwie vorsichtig. So, dachte ich, ging man aus Angst vor Minen. Oder wenn man zu dicht am Tod vorbei oder durch ihn hindurch gegangen war. Immer mehr Flüchtlinge kamen mit der Fähre auf die Insel, auf der Suche nach einem Bett, einer Suppe, einem Stück Brot, einem Rest von Leben. Abedin war nicht dabei.

Dann kam sein Brief. Wann er den aufgegeben hatte, war dem zur Hälfte unleserlichen Poststempel nicht zu entnehmen. Aber die andere Stempelhälfte sagte noch sichtbar genug „–arajev". Das O am Ende halbierte ein Papierknick.

„Sieh mal, wo der Brief herkommt." Wir saßen wieder beim Makedonier an der Riva unterhalb des Postamts. Ich reichte meiner Frau den leicht zerknitterten Umschlag. Sie nahm ihn, drehte ihn ins Licht und sagte: „Sarajevo. Mein Gott, da ist er also jetzt."

„Hätte ich mir denken können."

„Was? Dass der Brief da herkommt? Eigentlich ein Wunder, dass überhaupt noch Post von dort kommt. Nach allem, was man hört und liest."

„Ich meine, dass Abedin da hingefahren ist."

„Kann ich verstehen. Sieht ihm irgendwie ähnlich."

„Sarajevo", sagte ich nochmal.

Sie nickte und schob mit dem Plastiklöffelchen den Sahneschaum vom Rand der Kaffeetasse.

Sarajevo, was da jetzt los ist.

Wir beobachteten zwei Fischer, die Kisten mit Bier und Wein und Wasser von der Kaimauer vor uns aufs Deck eines Lampenschiffs zogen, festzurrten und mit hoher Heckwelle zu ihrem Kutter auf die andere Buchtseite rauschten. Wir tranken unseren Kaffee und lasen in der Slobodna Dalmacija, was in Sarajevo los war. Schießereien, Raketenbeschuss, Panzer auf den Bergen ringsum, immer noch Tote durch serbische Scharfschützen, aber deutlich weniger Tote unter den Straßenpassanten als bisher, weil die muslimischen Verteidiger sich offenbar durch eigene Scharfschützen mithilfe amerikanischer und deutscher Präzisionsgewehre gezielt gegen diesen Terror der Sniper, wie die Scharfschützen hier hießen, zur Wehr setzten. Und täglich Fotoberichte vom Leben und Sterben und um ihr Leben Rennender in der belagerten Stadt.

Erkannten wir Abedin auf einem der Fotos, die Slobodna Dalmacija heute schon wieder brachte, auf dem Tisch vor uns zwischen Cappuccino und Eisbecher?

„Sieh mal, der da."

„Welcher?"

„Na, der da hinten, mit diesem Riesenapparat von Gewehr, ist das nicht ...?" War er's oder war er's nicht? Oder doch? Unser Freund Abedin mit seinem schiefen, schüchternen Lächeln und dem schiefen grünen Käppi und mit der Zigarette in der freien Hand, während die andere auf dem elektronischen Zielfernrohr lag mit Infrarot oder was das war, jedenfalls war es größer als das ganze Gewehr, das war er doch oder doch nicht?

„Sieh doch mal, das muss er doch sein."

Sehen Sie selbst, meine Damen und Herren, der Mittlere von den dreien, die der Text unter dem Foto als die neuen Helden der „Specialci" und „Kontrasnajperi" feiert, die „Gegenscharfschützen" gegen das unmenschliche Abknallen rennender bosnischer Zivilisten durch serbische Belagerer, das ist doch Abedin!

Aber das Foto auf graukörnigem Zeitungspapier war und blieb unscharf genug für verschiedene Vermutungen. Die machte auch der Kaffeefleck nicht eindeutiger, eher im Gegenteil. Sicher dagegen waren ein neuer Aufruf der EU und eine weitere Resolution des Sicherheitsrats der UN. Die Belagerung, lasen wir, und das Leiden der Bevölkerung gingen weiter. Wir lasen, was wir schon wussten, weil wir es täglich lasen. Neu und seither Synonym für Kriegsgräuel eines Ausmaßes, das niemand mehr in Europa für möglich gehalten hatte, war ein Wort, das wir bis dahin nicht kannten, seither aber öfter und auch am Rande dieser Geschichte lasen und hörten: Srebrenica.

„Was schreibt denn dein Freund Abedin?"

Ich riss den Umschlag mit dem Kugelschreiber auf. Abedins Brief war kurz.

„Wir sollen hinfahren, schreibt er."

„Doch nicht nach Sarajevo?"

„Nein, zu seinen Eltern."

„Ich mache mir echte Sorgen um meine Alten", schrieb Abedin. Er habe einiges gehört. Es sehe in D. nicht gut aus.

Obwohl das Schlimmste vorbei sei, endlich. Die Serben seien verjagt. Er habe auch seinen Eltern geschrieben, aber keine Antwort erhalten. Auch für ihn und seine Einheit in Sarajevo sei das Schlimmste vorbei. Bald sei sowieso Schluss mit dem ganzen Spuk. Ob wir seine Alten nicht auf unserer Rückfahrt besuchen und sehen könnten, was im Dorf los sei.

„Ganz große Bitte, alter Freund, fahr hin, wenn du kannst."

Und da begriff ich, dass es ihm, der sonst nie viel Aufhebens machte, wenn er mal was brauchte oder wollte, ernst war und dass wir fahren sollten. Er käme da zurzeit nicht hin, schrieb er noch. Völlig ausgeschlossen. Er würde uns später alles erzählen. Noch brauchten sie jeden Mann im Einsatz. Er könne nicht raus. Nach D. schon gar nicht. Wir mit unserem deutschen Pass aber schon. Andere hätten es auch geschafft. Man würde uns in Ruhe lassen. Er würde uns gleich nachher in Deutschland anrufen. Die Telefonverbindung klappte noch irgendwie. Nicht immer, aber immer wieder mal.

In dem Brief lag ein kleiner, aus einem Notizbuch oder Schreibblock herausgerissener, zusammengefalteter Zettel. „Das gibst du Sanin, dem Boss an der zweiten Kontrolle zwischen L. und D., du kennst dich aus", hatte Abedin noch dazu gekritzelt, „das und, wenn du hast, eine Packung Marlboro oder auch zwei. Nichts weiter, nur das. Und sag ihm: Grüße von Abedin aus D. Nichts weiter, hörst du. Er weiß schon Bescheid. Und nur Sanin, dem Boss an der zweiten Kontrolle, nicht an der ersten, denen gibst du ein, zwei Flaschen, das ist ok. Und lass dich auf nichts ein, wenn sie anfangen zu fragen oder mehr wollen. Frag nur nach Sanin. Den andern Posten schiebt ihr von dem rüber, was ihr so dabeihabt, ihr wisst schon ... Aber nur, wenn's sein muss, die kriegen schon genug."

So machten wir uns das zweite Mal auf den Weg in Abedins Dorf. Dass wir tatsächlich durchkamen, kommt mir immer noch wie ein Wunder vor. Und dass wir es überhaupt versucht hatten, erst recht. Aber eigentlich war es kein Wunder, sondern Wahnsinn. Wenn wir gewusst hätten, was wir jetzt wissen, weiß ich nicht, ob wir die Fahrt gemacht hätten. „Doch", sagte meine Frau, „ich weiß es, wir hätten diesen Besuch nie gemacht. Ich bestimmt nicht", sagte sie, „wie konnten wir nur."

Aber es war nicht nur wegen Abedin. Wir mochten die beiden Alten. Und wir dachten, wir könnten ihnen irgendwie helfen. Oder wenigstens dem besorgten Sohn Nachricht geben. Was man so denkt als Ausländer, während anderswo andere noch aufeinander schießen oder eben erst damit aufgehört haben.

„Ihr kommt da nicht durch", hatte unser Freund Andro, der unermüdliche deutsche Honorarkonsul in Split, gesagt, „keine Chance. Und außerdem, ihr seid wohl verrückt. Mit dem Leben spielt man nicht. In diesen Zeiten schon gar nicht." Andro wusste, wovon er sprach, denn Verteidigungsminister und Generäle gingen in jenen Jahren bei ihm ein und aus. Sein Büro an der Riva, und nicht etwa die Deutsche Botschaft in Zagreb, war der Umschlagplatz für Informationen, Hilfsaktionen und Transporte aus Deutschland und Kroatien nach Bosnien. Ich nickte und war entschlossen.

„Ich weiß, dass du es trotzdem versuchen wirst", sagte Andro, „ich kenne dich und deinen norddeutschen Dickschädel." Er machte einen Kopfstand vor der überlebensgroßen Statue des Kaisers Diocletian neben seinem Schreibtisch, sprang federnd in den Stand, griff nach meinem Arm, schüttelte ihn und mich mit, lachte und sagte, nur wenig außer Atem: „Ich habe dich gewarnt, mein Freund. Meine Telefonnummern hast du. Ich hoffe, du findest ein Telefon, wenn's brennt. Oder einen Freund. Sretan put. Glückliche Reise. Und vergiss nicht, zu Kairos zu beten."

Auch er gab mir ein Schreiben mit auf den Weg. Doch es war kein herausgerissener Zettel, sondern ein korrekt gefalteter Brief mit großem Briefkopf, darin eingeprägtem deutschen Adler und schwungvoller Unterschrift. „Benutze ihn nur im Notfall", setzte er leise hinzu, schob ihn in einen gefütterten Briefumschlag und klebte nicht zu. „Solange geredet und nicht geschossen wird, könnte er dir helfen, wenn du Probleme hast. Nachher nicht mehr."

Hinter Split, hinter der weißen Bergfestung Klis, wand sich die Straße in die Berge. Kein Gedanke an die jetzige Autobahn, auf der man über Brücken und durch Tunnel nach Norden dahinrauscht. Wenn man sich nach links umwandte, sah man zwischen Felswänden unter sich in der Ferne das Meer. Es ging ohne Horizontlinie in ein Licht über, das leichter war als alle Farben und auch die hellgrau verfließenden Wasserfarben des Meeres. Dann schob sich eine Felswand davor. Ich riss das Steuer herum, weil ich beinahe mit einem LKW in dunkelgrünem Tarnanstrich kollidiert wäre, der nicht nur seine, sondern auch einen Teil meiner Straßenhälfte mit Vollgas und aufgeblendeten Scheinwerfern befuhr.

„Kannst du nicht aufpassen", schrie meine Frau, und dann schwieg sie mit großen Augen. Denn früher, als wir erwartet hatten, sahen wir die ersten zerschossenen Häuser. Anfangs noch keine Ruinen, wie nach dem Bombenkrieg, den meine Erinnerung mit dem Wort Krieg verbindet. Und den sie jederzeit als Film in meinem Kopf wieder ablaufen lassen kann, wenn ich will. Und manchmal auch ablaufen lässt, wenn ich nicht will.

Einem Haus fehlten nur die in einer MP-Salve zu Bruch gegangen Fenster. Die Salve hatte quer über die Hauswand einen sanft auslaufenden Bogen kleiner, grauer Einschusslöcher in den Kalkputz gezogen. Im Dach des nächsten Hauses klaffte das Loch eines Granateneinschlags. Dann wieder eine unversehrte Häuserzeile. Mit Schornsteinen, Schuppen, Hoftoren standen sie in einer heilen Welt. Nur die Fensterläden waren verriegelt, und kein Mensch zu sehen. Danach die erste richtige Ruine, Rußfahnen umzüngelten die Öffnungen von Tür und Fenstern, das Dach war eingestürzt. Aber der Briefkasten hing noch an der Gartenpforte und wartete weiter auf Post.

„Halt mal", sagte meine Frau, „halt doch mal an, meinst du nicht, dass wir besser umkehren sollten?"

Ich bremste also vor der nächsten, mit rotweißem Plastikband markierten Einfahrt und hielt an, um einzubiegen. Vielleicht hatte sie Recht und wir sollten unsere Reiseroute doch nochmal kurz bereden? Aber dazu war jetzt keine Zeit mehr. Denn es knallte.

Es knallte nicht, es donnerte dröhnend aufs Autodach, meine Frau schrie auf, und ich würgte mit hässlichem Knirschgeräusch den Motor ab. Der Knall war kein Schuss, sondern ein Hieb. Und noch ein Hieb, aufs Autodach gebrüllt:

„Kurac stoj, jebenti boga! Oder willst du fliegen lernen?"

Kurac ist, wie soll ich sagen, eine sehr direkte Anrede und heißt Schwanz. Gemeint ist nicht der Hundeschwanz, sondern der männliche Schwanz. Und jebenti boga, nun ja, ist hier ein gängiger Spruch, der sich, obwohl oft und bedenkenlos auch von Frauen und Kindern gebraucht, zum Beispiel wenn der

Schlüssel weg ist oder der Bus, oder es anfängt zu regnen oder beides, nur schwer übersetzen lässt. Das heißt, eigentlich lässt er sich leicht übersetzen, nur kann er schnell missverstanden werden. Denn wörtlich übersetzt klingt die Aufforderung, den Herrgott zu ficken, für deutsche Ohren einigermaßen ungewohnt, um nicht zu sagen, unmöglich.

„Du darfst das nicht so ernst nehmen, hatte mir Abedin schon bald nach unserer ersten Begegnung in Milna zu erklären versucht. Ich weiß, auf Deutsch klingt das fürchterlich. Aber es ist nicht so gemeint, jedenfalls nicht immer. Es heißt ungefähr soviel wie euer ‚Verdammt nochmal‘. Na gut, es gibt Situationen, da bedeutet es mehr.“

War das jetzt eine solche Situation? Und woher kam der Kerl, der uns ohne Vorwarnung mit der Lederfaust eine Delle ins Dachblech hieb? Was wollte er von uns? Und der Zweite, der jetzt an der anderen Wagenseite stand und in die Knie ging, um ins Wagenfenster zu starren? An der anderen Seite saß meine Frau, starrte erst dem Mann ins Gesicht, dann mich an und fragte:

„Was hat er gesagt?“

„Ich hab’ das nicht verstanden“, sagte ich leise und tastete nach dem Türhebel.

„Red keinen Unsinn und sag mir, was er gesagt hat.“

„Na gut“, sagte ich, „ich soll den Herrgott ficken, hat er gesagt, und dann noch was von fliegen, was ich wirklich nicht verstanden habe.“

„Sag mal, spinnst du?“, sagte meine Frau und wollte mehr sagen, aber zu mehr war keine Zeit. Denn jetzt hatten beide Männer beide Wagentüren aufgerissen und winkten uns raus, jeden zu seiner Seite. Und da sie mit ihren Maschinenpistolen winkten, war es besser, erstmal schweigend auszusteigen.

Im Gegensatz zu Abedin bin ich Nichtraucher. Hier scheinen alle jungen Männer und vor allem auch die jungen Frauen zu rauchen. Nichtrauchen gilt nicht als modern, sondern als schwach. Wir wussten, dass Zigaretten in diesem wie in allen vergangenen und künftigen Kriegen, seit es Tabak gibt, wieder zu einer der gültigen Reservewährungen geworden waren, und hatten uns mit drei Stangen Marlboro eingedeckt.

Um sie nicht alle vorschnell loszuwerden, hatten wir sie aufgebrochen und die Päckchen im Wagen verteilt. Abedin würde sich freuen, wenn wir es schafften, wenigstens ein paar davon nach D. durchzubringen.

Ich sah ihn eine Packung mit dieser für ihn typischen, kurzen Schlenkerbewegung des Handgelenks aufreißen, eine Zigarette herausklopfen, mit zugekniffenem Auge anzünden, sich aufrichten, eine lange Rauchfahne ausatmen, lächeln – und an uns denken.

Ich sah ihn vor mir in Tarnfarben, mit umgehängter MP, nein, nicht mit MP, sondern mit diesem Riesenapparat von elektronischem Präzisionsgewehr, das er mit der einen Hand festhielt, wie er die Asche mit dem kleinen Finger der anderen Hand von unten wegschnippte, lächelnd einen neuen, langen Zug nahm und noch länger ausatmete.

„Kako si mi, stari moj? Wie geht's dir, Alter?" Er schien mir blasser als beim letzten Mal, als wir uns gesehen hatten. Seine Augen waren erschöpft. Aber sein junges, schiefes Lächeln saß wie immer in der Mundwinkelfalte. „Na, was ist?"

Gern gesehenes Zahlungsmittel war zeitweilig auch Zucker in Kilotüten. Wir hatten zehn, in Plastiktüten gewickelt, im Kofferraum verstaut. Und fünf Kilotüten Mehl. Für Abedins Mutter. Was sollte man sonst mitbringen in diesen Zeiten? Zement, Kitt oder Fensterglas ging nicht gut. Sie kochte dieses wunderbare Pflaumenmus, auch Aprikosenmarmelade, das konnten sie in Abedins Dorf besonders gut. Sie gaben etwas Zitronenschale bei. Und eine gute Messerspitze oder auch etwas mehr gemahlenen Zimt. Dafür war der Zucker. Und Mehl, dachten wir, kann man immer gebrauchen, nicht nur zum Backen. Wenn wir gewusst hätten, dass sie dort alles gebrauchen konnten, und dass der Hunger schon vor uns angekommen war, hätten wir mehr mitgeschleppt.

„Pässe!", sagte der Mann an meiner Wagenseite. Er trug, wie sein Kamerad auf der anderen Seite, keine vollständige Uniform, aber wenigstens eine Uniformjacke. Die Jacke war offen. Der andere trug eine schwarze Lederjacke, an der schwarzen Mütze ein Abzeichen, das ich nicht kannte. Noch nicht.

„Verdammt", murmelte er, „das sind Deutsche, der eine scheint von uns zu sein. Habt ihr was zu trinken?" Er legte unsere Pässe vor sich aufs Autodach und fing an zu blättern. „Ganz schön rumgekommen, was? England, Frankreich, Italien, seid ihr Spione?"

„Red keinen Unsinn", sagte der andere, „das ist einer von uns, danke Deutschland."

„Also, was habt ihr dabei und wo wollt ihr hin?"

„Was wird hier eigentlich gespielt", fragte meine Frau und machte ein paar Schritte Richtung Einfahrt, „sieh mal, da hinten die Katze, dreifarbig, das bringt Glück, eine echte Glückskatze ist das."

„Aide pička, čekaj", schrie der eine jetzt meine Frau an, „he, du Fotze, warte mal, bevor du weitergehst." Dann riss er die MP aus der Hüfte hoch und ließ einige Schüsse in den Schotter der Einfahrt rasseln, bis sich kurz vor der verrammelten Haustür ein Vorhang aus Erde und Steinen aus dem

Weg hob, die Haustür aufsprengte, eine aufjaulende Katze in die Büsche warf und uns hinter dem Wagen in die Knie gehen ließ, als alles schon vorbei war. Die beiden brachen in grölendes Gelächter aus.

„Wisst ihr jetzt, wofür die Plastikdekoration da ist, Kurac? Minengefahr! Die Tschetniks haben uns da ein paar Eier versteckt. Deutschland, kapito? Also, was ist, was habt ihr dabei?" Ich zog eine Flasche Plavac und zwei Schachteln Marlboro hinter dem Beifahrersitz hervor.

„Was zu trinken, habe ich gesagt", sagte der andere und schob uns die Pässe zurück, „aber gib schon her. Wenn's euch erwischt, eure Sache. Danke, Genscher. Deutschland, kapito? Wir kennen euch nicht. Haut ab!" Und wieder verstärkte ein Wink mit der MP die Aufforderung.

Die Straße war die Straße, die wir von früher kannten. Doch es war eine andere Straße. Angeschossene, zusammengesunkene, ausgebrannte Häuser neben Häusern, die unversehrt in still vor sich hin blühenden Gärten standen, menschenleer oder doch bewohnt? In einem Haus hatten die Bewohner Wäsche gewaschen. Die hing, wie sie auf alten Bildern trostreich zwischen Bäumen hängt, und erzählte von Menschen. War es also doch möglich, dort noch oder wieder zu leben? Im Hof stand ein ausgebranntes Autowrack, davor zwei Stühle.

Wir hielten uns mitten auf der Straße, seit wir wussten, was die rotweißen Plastikbänder sagen wollten. Jedenfalls soweit man wusste oder vermutete, wo Minen lagen.

„Und was ist mit den anderen?", fragte meine Frau.

„Mit welchen anderen?"

„Von denen man nicht weiß, wo sie liegen?"

Ich zog kurz die Schultern hoch, starrte auf den Fahrweg, umkurvte gelegentliche Schlaglöcher und schwieg. Woran hätte man eine eingegrabene Mine erkennen können?

Der folgende Wachtposten war kein Problem, und wir befolgten Abedins Rat. Doch die nächste Kontrolle, für die er uns extra den Zettel geschrieben hatte, war schwieriger. Wir durchquerten im Zickzack eine panzerfeste Barrikade. Und saßen neben einem zur Hälfte ausgebrannten Bus fest, der die eine Fahrbahnseite blockierte. Die bosnische Lilienfahne baumelte schlapp an einem Eisenpfahl. Im Hintergrund ausgebrannte Kontrollgebäude unter Wellblech, davor ein Schützenpanzer, dessen um Aufbau und Geschützrohr gewickelte Tarnung mehr sehen ließ, als sie verbarg, und daher sinnlos, geradezu lächerlich wirkte, ebenso sinnlos wie die verschwiegene Frage: Das soll eine Staatsgrenze sein? Mit der Rauchwolke zog der Geruch von Grillfeuer und scharf gebratenem Fleisch durch brandschwarze Busfensteröffnungen. Nicht runde zehn Packungen Marlboro und die Hälfte des Zuckervorrats, auch nicht die edel verpackte Literflasche Zrinski, den ich immer noch für einen der besten Cognacs halte und eigentlich nach Berlin mitnehmen wollte, zeigten Wirkung auf die Typen, die uns umstanden, einige mit Patronengürteln über der Uniformjacke, andere das Gewehr mit Zielfernrohr oder die MP über bloßem Oberkörper. Auch nicht unsere deutschen Pässe. Erst das gefaltete Zettelchen von Abedin machte uns nach langem, lautem Palaver den Weg frei. Den Brief von Karlo brauchte ich nicht. Ich war mir auch nicht sicher, ob der hier geholfen hätte.

Der Boss kam auf mich zu, baute sich breitbeinig vor mir auf, beugte sich zu mir herab, roch nach Alkohol, nach

Rauch, nach Schweiß und ungewaschener Erschöpfung und murmelte:

„Woher kennst du Abedin?"

„Aus Milna, wir sind Freunde, wollen zu seinen Eltern."

„Zu seinen Eltern? Dann viel Glück. Wisst ihr nicht, dass da die Tschetniks waren? Jetzt sind unsere da, haben ihnen den Marsch geblasen. Ich darf euch trotzdem nicht durchlassen. Niemand darf euch durchlassen. Wenn ich's tue, dann auf eure Verantwortung. Und wegen Abedin. Er ist ein Held, verstehst du, ein Held. Aber das versteht ihr nicht. Verschwindet so schnell wie möglich und lasst euch hier nicht wieder blicken. Alles Gute. Sag Abedin, du hast mich getroffen. Sag ihm, wir sehen uns, wenn alles vorbei ist. Und jetzt verschwindet. Wir haben uns nicht gesehen."

Und noch einmal unüberhörbar für alle, die uns mit Waffen, Flaschen und Zigaretten in den Händen umstanden:

„Haut ab! Verschwindet! Verpisst euch!"

Ein kurzes Kopfheben und wieder dieser Wink, den wir schon kannten, der Wink mit der Maschinenpistole. Die neue, breitbeinige Sprache der Machthaber, der Polizisten, Kontrolleure und Grenzer, der selbst ernannten Milizionäre und abkommandierten Soldaten. Aber vielleicht war sie gar nicht neu? Und das Kriegskind, das ich war, hatte sie nur vergessen? Oder war damals nicht mit ihr in Berührung gekommen? Oder doch, wollte sich aber nur noch selten, am besten gar nicht mehr daran erinnern?

Das Bild, in das wir nun in Straßenmitte und langsamer als das erste Mal hineinfuhren, war noch das alte Bild. Das Bild eines friedlichen bosnischen Dorfes. Oder war es inzwischen ein serbisches Dorf? Oder ein bosnisches Dorf, das zwischendurch ein serbisches Dorf gewesen war? Hätte es nicht auch ein kroatisches Dorf sein können? Aber etwas fehlte. Die weißen Enten oder Gänse, die sich so bildschön vom grünen Wiesenland abhoben, das sich zum Fluss hinabsenkte, waren verschwunden. Der Fluss war noch da, versank wieder hinter Hügelrücken und diesmal auch unter Nebelbändern. Oder waren es Rauchfahnen, die sich um die Hügel wanden und liegen blieben. Sollte es einen Kirchturm gegeben haben, so war er verschwunden. Wir konnten uns nicht erinnern. Genau besehen, war er nicht ganz verschwunden, nur Turmspitze und Kirchendach waren weggeschossen. Ein Turmstumpf stand noch zwischen Ahornkronen. Auch das Grillhäuschen war noch da, nur ausgebrannt und dachlos. Kein Rauch quoll hoch, doch Brandgeruch hielt sich in der Luft. Als sich am Ende wieder eine Hecke undurchsichtig aschegrau ins Bild schieben wollte, wussten wir, dass wir gleich da sein mussten. Abedins Vater tauchte nicht auf und winkte nicht hinter der Hecke. Niemand winkte. Wir waren nicht willkommen. War das Dorf von seinen Bewohnern verlassen? Dann bellte ein Hund. Ein kleiner schwarzer Hund trabte auf federnden Pfoten auf uns zu, blieb stehen, sprang jaulend an uns hoch, wedelte, wollte wedelnd gestreichelt werden, noch mehr gestreichelt werden, lief uns voran, hetzte hechelnd zurück und begleitete uns.

Aber wir gingen nur wenige Schritte, blieben dann stehen, sahen uns um, sahen uns an und schwiegen. Auch der Schuppen war abgebrannt, die Nussbaumkrone ein schwarzes Gerippe, das Dach des Anglerhäuschens, unseres Anglerhäuschens, ein dunkles Loch. Unter zerborstenen Sparren, Latten und Dachziegelzacken ragte eine Ecke des Kleiderschranks ins Freie. Forellenangler kamen nicht mehr. Angelruten brauchte niemand. Forellen wurden mit Handgranaten gefischt. Wir folgten dem Hund zum Haus. Das Loch eines Einschlags im Dach und das zersplitterte Küchenfenster waren mit Brettern und Plastikplane vernagelt. Die Haustür stand offen. Der kleine Garten hinter dem verdrahteten Lattenzaun war noch da. „Wo sind denn alle die Blumen hin?", murmelte Marina, „die Blumen sind weg."

Aber sie waren nicht alle weg. Einige Malven umrahmten das vernagelte Fenster. Und auch Rosen waren noch da. Nur die Lilien fehlten.

Als wir näherkamen, erschien ein alter Mann im Mantel in der Tür, blieb, die Mütze auf dem Kopf, die eine Hand am Türrahmen, die andere in der Manteltasche, in der offenen Tür stehen und sah uns an. Ferid stand da und schwieg. Auch wir waren vor den Stufen stehen geblieben. Seine Hand löste sich vom Türrahmen und winkte uns schweigend herein. Da fasste Marina nach meinem Ärmel und fing leise an zu weinen.

Im Haus roch es nach Rauch. Es roch nicht nur nach Rauch. Ferid führte uns nicht in die Küche. Er nickte uns zu, hängte den Mantel an den Haken hinter der Tür, nahm die Petroleumlampe vom Nagel und ging uns voran die Kellertreppe hinab. Es roch nach Rauch. Es roch nicht nur nach Rauch. Es roch nach Rauch mit Lilienduft. Es roch nicht nur nach Rauch mit Lilienduft. Der Geruch war fürchterlich und nahm mir den Atem. Ich zog mein Taschentuch, um mich zu schnäuzen, und drückte mir das Tuch vor Mund und Nase. Der Geruch drang durch. Abedins Vater wies auf die kleine Bank an der Wand. Marina setzte sich. Ich blieb neben ihr stehen. Vor der verschlossenen Tür stand ein Wassereimer darin Rosen und weiße Lilien, ein ganzer Arm voll Lilien.

„Da sind ja die Lilien", flüsterte Marina und heulte in meinen Ärmel. Wir standen und saßen und schwiegen.

Abedins Vater legte mir die Hand auf den Arm, wie ich es von seinem Sohn kannte, sah mich nicht an, sah an mir vorbei auf den Boden, dann auf die verschlossene Tür und sagte leise, mehr zu sich als zu mir: „Da drin liegt sie. Sie hat noch gelebt, als ich zurückkam. Sie hat gesagt: ‚Begrabt mich bei meinen Leuten.' ‚Bei meinen Leuten', hat sie gesagt." Er sah mir kurz ins Gesicht, hob die Schultern, hob die Hände, schüttelte den Kopf und schwieg. Schon im Gehen sagte er noch: „Ich habe ihr den Sarg gemacht. Mehr konnte ich nicht für sie tun, meine Niva."

Er setzte sich neben Marina auf die kleine Bank, stützte die Ellenbogen auf die Knie, legte das Gesicht in die Hände und schwieg. Wir schwiegen. Er richtete sich wieder auf und sagte leise:

„Ich warte, bis Abedin zurückkommt. Dann begraben wir sie. Jetzt geht es nicht. Die haben auch den Friedhof vermint. Abedin wird bald kommen. Ich weiß es. Er hat geschrieben, wenn er kommt, will er auf Ratko warten. Von Niva weiß er noch nichts. Wenn er nicht bald kommt, müssen wir sie hier allein im Garten begraben. Sie wollte das nicht."

„Wo ist Ratko?", fragte ich.

Abedins Vater hob eine Hand, drehte sie und ließ sie sinken.

„Što ja znam? Was weiß ich?" Er sah auf den Blumeneimer vor der Tür. Oder auf den eingerissenen, fleckigen Linoleumbelag auf dem Betonboden davor. Oder nirgendwohin, nickte und murmelte: „Abedin hat geschrieben, er wird Ratko finden, und wenn er hundert Jahre auf ihn warten muss. Aber sind hier nicht schon genug Menschen gestorben?"

Wir wandten uns zur Treppe. In der Küche über uns schlurften Schritte. Der Hund bellte kurz.

Auf dem Tisch in der Küche stand ein kleiner Topf.

„Aimira", sagte Abedins Vater, „Ratkos Frau, sie bringt manchmal was zu essen. Mir und dem Hund." Er stellte die Lampe ab, lachte ein kleines, trockenes Lachen, hob beide Hände so, wie sie dort beten, und ließ sie wieder sinken. „Sie kann nichts dafür. Sie war Nivas Freundin. Sie ist eine gute Frau." Er drehte den Kopf langsam einmal hin. Und einmal her. Und ließ ihn sinken. Und starrte auf die Tischplatte und den Topf.

Wir blieben am Tisch stehen. Hier oben war der Geruch weniger durchdringend. Die Tür stand offen. Es war kühl. Ferid hakte die Lampe an einen Draht über dem Küchentisch und zog mit dem Fuß noch einen Hocker heran. Die Küchen-schranktür war von Splittern durchlöchert. Auch an den Wänden zogen sich Splitterspuren hin. Marina fand Teller und Löffel. Wir setzten uns und aßen die Bohnensuppe von Aimira. Die Suppe war ohne Fleisch, aber mit viel Kartoffeln gekocht und gut gewürzt. Wir löffelten schweigend die warme Suppe.

„Majoran", sagte Marina und wischte sich das Gesicht.

„Oder Oregano", sagte ich.

Die Bodenbretter, auf denen der Tisch stand, an dem wir saßen, waren aus hellem, ungehobeltem Holz. Wir löffelten langsam die brotlose Suppe. Danach tranken wir Tee mit Minze.

„Aus Nivas Garten", sagte Ferid und bedeckte sein Gesicht mit der Hand. Marina ging zu ihm, blieb neben ihm stehen und legte ihm die Hand auf die Schulter. Nach einer Weile stand er auf, um im Herd Holz nachzulegen. Wie er so zum

Korb schlurfte, stehen blieb, sich bückte und mit einigen Holzstücken zurückkam, war er ein alter Mann. Das Holz war feucht und qualmte, solange die Herdtür offenstand. Für einige Augenblicke überdeckte der Rauchgeruch den Geruch, der aus dem Keller durch die Bodenritzen hochzog.

Abedins Vater schien ihn nicht wahrzunehmen.

„Wir können hier nicht bleiben", flüsterte Marina, stellte die Teller zusammen in den Ausguss und setzte sich wieder, „ich halt' das hier nicht aus. Bitte lass uns gehen."

Sie goss den Rest Tee in die Tassen und wischte mit dem Stoffbeutel eine Teelache von den Wachstuchblumen auf dem Tisch.

„Ich auch nicht", sagte ich leise und sah der Hand zu, die den Teefleck wegwischte, „wir müssen hier weg."

Da fing Abedins Vater an zu erzählen.

Die Granate hatte das Dach und den Küchenboden vor dem Fenster durchschlagen und war im Keller explodiert. Wo Niva in ihrer Werkstatt Schutz gesucht hatte. Und wo sie, von Splittern getroffen, langsam verblutete, während Ferid und die Männer im Wald kämpften. Als Ferid zurückkam, war sie noch bei Bewusstsein. Sie konnte noch stöhnend sprechen. Gleich nach dem Einschlag, als sie schon verletzt am Boden lag, waren drei Männer in den Keller gekommen. Einer hatte die MP auf Niva gerichtet und wollte Schluss mit ihr machen, als ein anderer sagte: „Lass das, hörst du, und fass lieber mit an." Die Stimme war Ratkos Stimme. Sie hoben die sterbende Niva auf Säcke auf die Schafswolle in eine der Zinkwannen, schoben ihr eine zusammengerollte Schürze unter den Kopf und ließen sie liegen. Bevor sie die Treppe hochstiefelten, rafften sie einen Arm voll Käseräder vom Tisch in einen Sack. Als Ferid kam, neben ihr kniete, ihr die Arme unterschob, um sie herauszuheben, stöhnte sie und Blut rann ihr aus dem Mund.

Und dann flüsterte sie, was Abedins Vater uns schon gesagt hatte: „Ferid, Liebster, ich kann nicht mehr. Lass mich hier liegen und begrabt mich bei meinen Leuten."

„Meine Hände waren voll von ihrem Blut", sagte Ferid leise. „Das Blut war noch warm. Ich konnte nichts für sie tun. Später half Aimira, sie zu waschen. Wir wickelten sie in das Tuch von Abedin, ihr Lieblingstuch, das hatte er ihr ... meine Niva ..."

Bleiern, heißt es, bleiern sei ein Schweigen oder eine Stille, die sich nicht beschreiben und schon gar nicht besprechen lassen will. Ist das so? Und trifft das zu? Hier nicht. Die Stille in der Küche, als Abedins Vater schwieg, war nicht bleiern. Wir dagegen waren es, mein Arm auf dem Tisch, mein Kinn in der Hand, mein Fuß auf dem Fußboden, meine Zunge im Mund. Die Stille war so still, dass man das Zucken der Lampenflamme im Glaszylinder über dem Tisch hören konnte. Aus dieser bodenlosen Stille, in die wir immer tiefer sanken, erlöste uns die ausgestreckte Hand meiner Frau.

„Gib mir dein Taschentuch", sagte sie, „gib's mir schon, egal wie es aussieht", und schnäuzte sich geräuschvoll.

Wir verbrachten die Nacht in Ratkos Haus. Aimira war wiedergekommen, um ihren leeren Suppentopf zu holen, und sagte zu Abedins Vater: „Sie können bei mir schlafen, wenn sie wollen." Der hob nur kurz die Schultern und nickte.

Wir stapelten auf dem Küchentisch an Tüten, Päckchen und Flaschen, was sie uns an der Grenze nicht abgenommen hatten, bis auf eine kleine Reserve für die Rückfahrt, und tappten hinter Aimira den Trampelpfad über die Wiese durch den Geruch nasser Asche unten am ausgebrannten Schuppen entlang in ihr Haus. Das Haus war unbeschädigt. Ratko war nicht da. Seit den Kämpfen war er mit den anderen bewaffneten Serben aus D. verschwunden.

Aimira trug Schwarz. Schwarzes Kopftuch, schwarze Bluse, schwarze Wolljacke, schwarzer Rock, schwarze Schürze, schwarze Strümpfe, schwarze Schuhe. Sie zeigte uns das Schlafzimmer. Wir sollten im Ehebett schlafen. Als meine Frau ablehnen wollte, sagte sie: „Ich schlafe da nicht mehr", und zeigte uns ihre Schlafcouch in der Küche. Auf dem Fußende hatte sich eine weiße Katze zusammengerollt und sah uns an. Aimira hatte eine Kerze auf eine Untertasse auf einen umgekehrten Kochtopf auf den Küchentisch gestellt. Sie langte eine Coca-Cola-Flasche vom Küchenschrank und goss drei kleine Gläser Nussschnaps voll.

„Danke", sagte ich. Wir tranken in kleinen Schlucken.

„Der Orahovac ist gut", sagte ich.

„Ferids Nüsse", sagte sie, „der Baum ist auch verbrannt." Aimira stützte beide Ellenbogen auf den Tisch und ihr Gesicht in beide Hände.

Lange blieb sie so sitzen.

„Es ist furchtbar", sagte sie auf die Tischplatte, „es ist so furchtbar. Niva war meine Freundin. Ich … ich fühle mich schuldig, aber ich kann doch nichts dafür. Ich kann wirklich nichts dafür. Glauben Sie mir, bitte, ich …"

Wir saßen dieser kleinen schwarzen Frau an ihrem Küchentisch gegenüber, und ich wusste nicht, was ich ihr sagen sollte. Wir kannten sie nicht. Wir sahen sie an diesem Abend das erste Mal.

„Ich weiß", sagte ich und nickte ihr zu, „Sie haben keine Schuld, niemand." Aber sie hob ihr Gesicht nicht von den Händen und sah uns nicht an.

„Was hätte ich tun sollen?", sagte sie, „Ratko und die anderen ... Ratko war ein guter Mann, aber die anderen, sie kamen hierher und haben auf ihn eingeredet. Ferid sagt, wenn Abedin wiederkommt, will er auf Ratko warten", sagte sie leise und sah zu mir herüber. Ich nickte.

„Hat er mir auch gesagt. Ratko hat geschrieben. Er weiß noch nichts von Nivas Tod."

„Aber was wird dann passieren?" Sie sah mich an. „Was soll dann werden, mein Gott ..."

Dann fing sie an zu erzählen. Und so hörten wir die Geschichte vom kurzen, sinnlosen Krieg im Dorf D. und vom Tod der Mutter meines Freundes Abedin an einem Abend wider Willen zweimal. Vom Krieg, der den Frieden des Dorfes und viele Familien, die Jahre lang miteinander gelebt hatten, und Menschen, die uns nahe waren, und am Ende auch in uns etwas und damit uns selbst zerrissen hatte: die Hoffnung. Die Hoffnung des Kriegskindes, es könne sich das einst Erlebte nicht wiederholen. „Nie wieder" hieß damals die Parole. „Nie wieder Krieg!" Diese Hoffnung war dahin. Es kann sich wiederholen, jederzeit. Die Parolen wiederholen sich, und die Kriege – und die unmenschlichen Absurditäten und Grausamkeiten, die mit ihnen einhergehen, die ein Teil von ihnen sind, auch.

Wir zogen uns nur die Schuhe von den Füßen, legten uns in Kleidern auf die Bettdecken, deckten uns mit einer Wolldecke zu, die ich vom Schrank zog und die nach Katze roch, und schliefen erschöpft ein. Als Marina mich nachts entsetzt wachschrie, versuchte ich, ihr den Alptraum vorsichtig aus dem halbschlafenden Gesicht zu küssen. Doch da hatte sie sich schon wieder in den Schlaf geweint. Und zuckendes Schniefen löste sich im Dunkel in leise Atemzüge auf.

Mit diesem zweiten Besuch in Abedins Dorf, ich muss das rückschauend zugeben, hatten wir beide, meine Frau und ich, uns übernommen. Wir waren fertig. Wir waren leer, ausgehöhlt vor Entsetzen. Dabei war es noch nicht der letzte Besuch, den wir dort machten, um Abedin und seinen Vater wiederzusehen. Wir fuhren noch einmal (oder war's am Ende noch ein weiteres Mal?) auf der Rückfahrt von unserer Insel nach D. Auch an diesen kurzen Besuchen führt kein Weg vorbei. Sie sind schnell erzählt. Aber noch sind wir in Ratkos Haus.

Wir wachten früh auf und hörten Aimira im Haus hantieren. Sie war schon lange bei der Arbeit. Sie hatte tatsächlich drei Hühnereier aufgetrieben, eine Kostbarkeit in jenen Tagen. Milch gab es noch nicht wieder. Die Schafe von Niva hatten die abziehenden serbischen Einheiten auf ihre LKWs geladen. Sie waren längst auf einem Grillplatz der Truppe in den Wäldern verschwunden. Aimiras Kuh war kurz nach den Kämpfen am Dorfausgang mit elendem Gebrüll im neuen Minenfeld krepiert, von dem bis dahin niemand gewusst hatte. Doch Aimiras Zutaten ergaben, auch ohne Milch, mit unserem Mehl einige große Pfannkuchen, wahlweise mit viel Zwiebeln und wenig Speck angebraten oder mit dick Aprikosenmarmelade und etwas Nussbruch gefüllt. Der Duft zog durchs Haus. Dazu gab es eingekochten Apfelsaft aus Aimiras Keller und heißen Tee mit frischer Minze. Aus Nivas Garten. Wir hatten Hunger, trotz allem. Wir aßen und dachten an unseren ersten Besuch in D. und das Frühstück mit Niva. „Sag mal, wann war das eigentlich? Kommt mir vor wie ... wie eine Ewigkeit."

„Das Anglerzimmer", sagte Marina, „unser Anglerzimmer ..." Sie legte ihre Hand auf meine Hand. „Und das Riesenfrühstück bei Niva."

„Und am Abend vorher das Gespräch mit Ratko", sagte ich, „und das Riesenbett." (Kam von ihrer Seite hinter vorgehaltener Hand ein kurzes Kichern der Erinnerung?)

„Das war ... ja, wann war das eigentlich?" Jedenfalls war es in einem anderen Leben.

Ich schwieg, denn sie hatte recht. Nach jedem Krieg ging das Leben weiter, irgendwie. Aber es war ein anderes Leben. Die Vorkriegszeit war unwiederbringlich dahin.

Aimira hatte die Pfannkuchen zwischen zwei Teller geschichtet, darüber ein Tuch, um sie warm zu halten. Sie hob das Tuch und den oberen Teller ab:

„Bitte, nehmen Sie noch. Leider gab es keine Milch."

„Das macht doch nichts", sagte Marina, „die Pfannkuchen schmecken sehr gut." Und sie zog sich mit der Gabel noch einen auf ihren Teller.

„Ich weiß nicht, wo Ratko ist", sagte Aimira, „ich weiß wirklich nicht, wo er ist. Wenn er überhaupt noch lebt. Ich weiß nicht, was aus uns werden soll. Bitte, essen Sie doch noch. Ich kann sie nicht alleine essen. Ich esse nicht viel. Den Rest muss Ferid essen." Sie lachte ein kleines, verlegenes Lachen, nahm das Tuch, wischte damit kurz über den Tisch, faltete es und legte es wieder über den umgedrehten Pfannkuchenteller.

„Ich hoffe, Sie konnten gut schlafen. Sie haben noch eine lange Reise. Ich wünsche Ihnen, dass Sie gut durchkommen. Die Zeiten sind nicht zum Reisen. Außer man bleibt, wo man hinfährt. Der Bruder meines Mannes hat in Deutschland gearbeitet. Ein schönes Land. Und für die Arbeit gibt es gutes Geld. Anders als hier."

Meine Frau winkte, winkte aus dem Autofenster, als wir losfuhren. Doch Abedins Vater winkte nicht zurück. Oder doch, er hob einmal die Hand und ließ sie gleich wieder sinken. Im Rückspiegel blieb die hagere, dunkle Gestalt vor dem kleinen weißen Haus nur einen Augenblick sichtbar. Gleich schob sich die Wand des ausgebrannten Schuppens mit dem Nussbaumgerippe davor.

Ich will es nicht leugnen: Wir waren froh, als wir D. hinter uns hatten. Über die Grenzen kamen wir schneller als gedacht. Es gab noch Scherereien, aber gegenüber dieser uns nun schon bekannten Sprache locker geschulterter Maschinenpistolen half diesmal tatsächlich Karlos Brief mit dem eingeprägten Adler. Bei uns gelegentlich respektlos „fette Henne" genannt, wurde er hier respektvoll befühlt und gewürdigt, und man ließ uns ohne viel Gerede passieren. Schließlich wollten wir nichts weiter, als so schnell wie möglich raus aus dem Land, in das wir vor Jahren so gerne gereist waren.

Als wir später auf der Autobahn zwischen Zagreb und Maribor das erste Mal freie Fahrt hatten, gab ich Gas. Bis meine Frau fragte, ob ich uns jetzt auf der Autobahn umbringen wollte, nachdem wir die bosnischen Minen und das Dorf D. unbeschädigt hinter uns gelassen hatten. Das wollte ich nicht.

Und so fuhr ich zügig, blieb aber im Limit und fuhr, je weiter wir nach Norden kamen, immer weiter in die eine einzige Frage hinein: Wie sollte ich meinem Freund Abedin, der, wie wir inzwischen wussten, im belagerten Sarajevo als Scharfschütze auf andere Scharfschützen schoss, dabei schwer verletzt wurde, aber überlebt und Angst um seine Eltern in D. hatte, wie sollte ich ihm sagen, was zu sagen war, und was leichter geschrieben als gesagt ist:

Komm so schnell wie möglich nach Hause und begrab deine Mutter. Sie starb beim Beschuss eures Hauses, als dein Vater im Wald kämpfte. Aber bevor ihr sie begrabt, müssen die Minen vor dem Friedhof geräumt werden. Dein Vater kann das nicht allein. Er wartet auf dich. Euer Nachbar Ratko ist nicht mehr da. Aimira bringt deinem Vater etwas zu essen.

Handys waren damals noch nicht so allgemein in Gebrauch wie heute. Man schrieb einen Brief oder ging ans Telefon. Und wer nicht zu Hause war, war nicht zu erreichen. Doch bald würde ich für Abedin auch unter solchen Umständen zu Hause und wieder erreichbar sein. Je näher wir Berlin kamen, desto mehr Angst hatte ich vor seinem Anruf und unserem Gespräch. Abedin liebte seine Eltern, seine Mutter besonders. Er war ihr Lieblingssohn. Mütter und Söhne, das alte Thema. Die Familien hängen dort viel enger zusammen als bei uns im Norden. Wie sollte ich ihm erklären, was passiert war? Noch dazu am Telefon. Und wie würde er reagieren? Aber es führte kein Weg daran vorbei.

Wir fuhren weiter auf der Autobahn Regensburg–Berlin, hatten den Grenzübergang Hirschberg/Hof längst hinter uns, und niemand hatte uns nach dem Reisepass mit Transitvisum zur einmaligen Durchfahrt auf dem kürzesten Wege, Waffen, Waren, Druckerzeugnissen gefragt, Motorräume, Kofferräume, Mantel- und andere Taschen, und was sich sonst noch öffnen ließ, öffnen lassen, denn Deutschland war wieder ein Deutschland geworden, während Jugoslawien zerfiel.

„Wieso kriegt ihr das hin, und wir nicht?", hatte Abedin bei unserer letzten Bevanda auf der Riva in Split gefragt, und nochmal gefragt. Und wir wussten beide die Antwort und wussten sie doch nicht.

Meine Frau und ich kamen in Berlin an. Und als Abedin anrief, fragte sie nicht wie sonst immer, wie es gehe, wo er sei, wie das Wetter usw., sondern sagte nur freundlich: „Moment, bitte", und gab mir den Hörer weiter.

Wir redeten, solange eine rauschende, knisternde, zwischendurch von fremden Wortfetzen überlagerte oder mit kurzem Knackgeräusch unterbrochene Verbindung uns reden ließ. Und als Abedin, obwohl er schon vorher etwas gehört zu haben schien, von mir alles, was wir in D. gesehen und gehört hatten, noch einmal ganz genau wissen wollte, verloren erst er und dann auch ich im Gespräch die Fassung, und meine Frau ging weinend aus dem Zimmer, weil sie es nicht mehr aushalten konnte. Abedin und ich versprachen einander, nächsten Sommer wieder nach Milna zu kommen und von dort aus zusammen nach D. zu fahren. Doch dazu kam es aus Gründen, die hier zu weit führen würden, erst später.

Abedin und ich blieben in Kontakt, sporadisch zwar, doch immer wenn meine Frau fragte „Sag mal, was macht eigentlich dein Freund Abedin?", wusste ich, dass bald wieder irgendeine Nachricht von ihm kommen würde, ein kurzer, witziger Brief, eine Postkarte, unterschrieben von ihm und Leuten, die ich nicht kannte, an die ich mich jedenfalls nicht mehr erinnern konnte, oder ein Anruf zu ungewöhnlichen Tages- und Nachtzeiten. Sein letztes Lebenszeichen lag dann jedes Mal schon wieder länger zurück. Die Jahre vergingen.

Inzwischen gab es E-Mail. Wir verabredeten uns nach einigem Hin und Her in D. „Erwarte euch im Grill an der Ecke, wo die Straße nach D. abgeht, ihr wisst schon", war seine letzte E-Mail.

Hinter Split, hinter der weißen Bergfestung Klis, wand sich die Straße in die Berge. Kein Gedanke an die jetzige Autobahn, auf der man über Brücken und durch Tunnel nach Norden dahinrauscht. Wenn man sich nach links umwandte, sah man zwischen Felswänden unter sich in der Ferne das Meer. Es ging ohne Horizontlinie in ein Licht über, das leichter war als alle Farben, auch als die weißgrau verfließenden Wasserfarben des Meeres. Dann schob sich eine rissige Felswand dunkelgrau davor. Und man war schon ...

So war es nicht. Jedenfalls nicht mehr. Denn die neue Autobahn Split–Zagreb war längst fertig, und auch die Trasse der Autobahn Split–Dubrovnik hatte helle Wunden in die Karstberge des dalmatinischen Hinterlands gerissen. Wir rauschten auf brandneuer Fahrbahn durch leere Berglandschaften, und meine Frau sagte, was ich dachte, obwohl wir beide nie dort gewesen waren und jetzt nur dieselben Fotos vor Augen hatten: „Wie in Arizona."

Lange vor der Grenze allerdings war der Straßenzustand fast wieder wie früher, und ich ging vom Gas, um Schlaglöcher und Asphaltbuckel zu umkurven. Die weißroten Plastikbänder waren größtenteils doch immer noch nicht alle verschwunden. Auch die Grenzabfertigung schien sich normalisiert zu haben. Es gab nur eine Kontrolle. Die Kontrolleure trugen gut sitzende Uniformen, an denen kein Knopf fehlte, und statt monströser Maschinenpistolen handliche Pistolen in gut sitzenden Lederhalftern am Gürtel. Auch passte die Jacke durchweg zur Hose. Niemand fragte nach Zigaretten und Getränken. Die bosnische Lilienfahne umwehte einen weißen Fahnenmast.

An der besagten Kreuzung hielten wir und bogen zwischen einbetonierten Geranienkästen auf den Parkplatz des

Grillrestaurants. Außer uns stand nur einer dieser großen geländegängigen Kombis mit halboffener Ladefläche, diversen Scheinwerfern, Abschlepphaken, Werkzeugen und undefinierbaren Geräten in einer Ecke des Schotterplatzes. Wir gingen unter der Pergola unter staubgrauem Weinlaub in den Gastraum. Das Dämmerlicht roch nach Rauch und Bier. Im großen Raum machten sich klobige Holztische und Stühle breit. Über den Tischen hingen schmiedeeiserne Leuchter an Ketten aus dem Dunkel herab.

„Hallo?"

Nichts rührte sich.

„Hallo!"

Abedin war nicht da. Niemand war da.

Im Vorraum stand ein Uniformierter und machte sich, Gesicht unterm Schirm einer Baseballkappe, in der einen Hand die Zigarette, mit der freien Hand an einem Flipperautomaten zu schaffen, der nicht funktionierte. Der Mann fluchte leise, schlug mit der flachen Hand auf die Scheibe, doch die Kugel klemmte. Er richtete sich auf mit dem Rücken zu mir, schnippte mit dem kleinen Finger der freien Hand die Asche von unten …

„Abedin!"

„Stari moj! Alter!"

Wir fielen einander in die Arme. Wie lange hatten wir einander nicht gesehen? Und lebten beide noch. Warum sollten wir es leugnen: Wir waren gerührt. Oh, Mann! Außer uns war nur meine Frau da, und der ging es genauso. Weil sie eine Frau war, fand sie als erste die Sprache wieder:

„Sag mal, was hast du denn da für eine komische Uniform an?"

Abedin war Kommandant eines Minenräumkommandos.

„Minenräumen? Konntest du nichts anderes finden?"
Abendin klopfte noch einmal auf die Flipperscheibe, nichts
zu machen, die Kugel saß fest.

„Hab' genug geschossen, weißt du, Alter, das letzte Jahr,
und was da alles in Sarajevo gelaufen ist, bevor Schluss war,
das musste erst mal aus dem Kopf kriegen." Abedin grinste.
Er war älter geworden und schmäler. Sein Gesicht mit den
Falten, die sich um Nase und Mund abwärts zogen, wirkte
irgendwie, wie soll ich sagen, irgendwie magerer, zugleich
härter. Aber das schiefe Lächeln, dem früher so oft ein flotter
Spruch oder eine ironische Bemerkung folgte, saß ihm immer
noch im Mundwinkel. Als niemand kam, gingen wir vor die
Tür zurück in die Sonne.

Minenräumen, das wussten wir, das wusste damals jeder,
war in der ganzen Region mit Abstand der gefährlichste Job
im Krieg und danach. Weitaus gefährlicher als Bombenent-
schärfen. Von der jährlichen Unfallrate der Mungaschi, wie
sie die Minenräumer hier nannten, konnte man regelmäßig
in der Slobodna Dalmacija lesen. Und viele Unfälle waren
tödlich. Wenige kamen als lebenslange Krüppel davon. Ich
wusste von Fällen ohne Hände. Oder ohne Beine. Oder mit
schweren Augenschäden. Oder im Rollstuhl. Oder ... Und
jetzt mein Freund Abedin?

„Sag mal, musste das sein?"

„Sve uredu, ist schon ok.", sagte Abedin, „mach' ich nicht
mehr lange. Aber sie brauchen mich noch. Und nach dem,
was ich in Sarajevo zuletzt gemacht habe, ist das schon in
Ordnung, verstehst du?" Und leiser setzte er hinzu: „Oder
verstehst du vielleicht auch nicht."

Er legte mir die Hand auf den Arm und schob mich
Richtung Parkplatz.

Bevor wir einstiegen, fragte ich noch, die Autotür in der Hand: „Was ist eigentlich mit Ratko? Hast du was von dem gehört?"

Aber Abedin grinste nur und hob kurz Schultern und Hände: „Keine Ahnung. Wir werden sehen."

Alles andere sollten wir in D. erfahren. Wir stiegen ein und folgten der Staubfahne, die sich vor uns entfernte. Er fuhr immer noch wie der Teufel.

Und, war es wieder wie auf den Bildern der Naiven? Die einzelnen Häuser mit roten Ziegel- und braunen Strohdächern zwischen Hügelrücken, von manchen nur ein roter oder brauner Ausschnitt hingetupft hinter Grün und wieder Grün? Der Himmel blaugrau, sagen wir helles Taubenblau mit wenigen, übertrieben dick und weißer als weiß hineingemalten Wolken mit runden Wolkenrändern?

Unter Bäumen – Zwetschgen-, wohl auch Apfel- und viele Nussbäume – scharrten Hühner unter Aufsicht eines diesmal schwarzweißroten Hahns. Und tatsächlich, sogar einige wenige Enten oder Gänse regten sich wieder auf, als wir vorüberfuhren, Schotter wegspritzte und gegen Holzpfähle klirrte. Neu aber: Das blanke Kupferdach einer Moschee mit Minarett aus Betonringen stach ins Auge.

Der Kirchturm zwischen Bäumen war eingerüstet. Im Hintergrund ein Stück Fluss, der gleich wieder hinter grünen Hügeln verschwand. Waren Vögel in der Luft? Oder hing eine zu große, zu rot untergehende Sonne über runden Bilderbuchbäumen? Jedenfalls wurde Feuer gemacht, und weißer Rauch quoll aus dem Schornstein eines winzigen Grillhäuschens ohne Dach. Und Rauchgeruch zog bis zu uns herüber, als wir das Wagenfenster herunterkurbelten.

Wir gingen auf das Haus zu, und das kleine weiße Haus mit den grünen Fensterläden wurde mit jedem Schritt kleiner, der Garten aber, der Blumengarten unter den beiden Fenstern, wuchs mit jedem Schritt, wurde größer und größer und überwuchs das Haus. Und die Malven in Rot, Rosa und Dunkellila ragten bis an die Dachrinne und beugten ihre großen Blütenaugen zu uns herab. Über den Zaun aus gespitzten, mit Drahtschlingen verbundenen Holzlatten wälzten sich Rosen. Dazwischen standen einzelne große, unnahbar weiße Lilien.

Dann bellte ein Hund. Ein kleiner schwarzer Hund trabte auf federnden Pfoten bellend auf uns zu, blieb stehen, sprang jaulend an uns hoch, wedelte, wollte wedelnd gestreichelt werden, noch mehr gestreichelt, wollte nicht von Abedin ablassen, lief uns voran, hetzte hechelnd zurück und begleitete uns bis an den Zaun.

„Sieh doch mal", sagte meine Frau leise und blieb stehen, „das ist ja Nivas Garten, das ist ja ... das erinnert mich total ... und dahinten gibt es sogar Tomaten, sieh doch mal ..."

Auf der kleinen Bank unter dem Fenster saßen Abedins Vater und – neben ihm, aber mit Abstand, schwarzes Tuch, schwarze Bluse, schwarze Wolljacke, schwarzer Rock, schwarze Schürze, schwarze Strümpfe, schwarze Schuhe – Aimira. Abedin und sein Vater umarmten einander lange. Und dann fasste Abedin Aimira, die auch aufgestanden war, bei den ausgestreckten Armen, ohne sie zu umarmen, und fragte:

„Wie geht's?"

„Danke", sagte sie, „man lebt. Noch sind wir auf den Beinen." Sie wies aufs Dach: „Neu gedeckt."

„Sehe ich", sagte Abedin, „sieht gut aus. Hat auch lange genug gedauert."

„Ist von der Aktion Tausend Dächer", sagte Ferid, „macht eine Frau aus Deutschland, ich glaube aus Berlin."

Wir gingen ins Haus. In der Peka war zwischen gut gewürzten Gemüse- und Kartoffelschichten eine der jungen Flugenten gelandet. Das Fleisch war wunderbar zart. Zum Nachtisch hatte Aimira tatsächlich für jeden eine Fatuhija gezaubert, den mit Nuss- und Mandelmus und Rosinen gefüllten, mit Honig übergossenen Bratapfel. Honig war ja reichlich da.

„Die Bienen", sagte Abedins Vater und lachte einmal kurz auf, „die Bienen haben den Krieg von allen Tieren am besten überstanden."

Marina ließ sich von Aimira das Rezept für den Apfel erklären.

„Ich dachte, ihr mögt das", sagte sie leise. Meine Frau nickte, seufzte laut und wollte es aufgeschrieben haben.

Als Abedin von Sarajevo erzählte, verstummten wir, und jeder saß allein in seinem Entsetzen. Von seiner Schussverletzung hatten wir schon erfahren.

„Schwein gehabt, wie man bei euch sagt, mehr Glück als Verstand", sagte Abedin und schob den Hemdkragen zur Seite. „Sauberer kleiner Streifschuss unterm Ohr entlang. Etwas mehr nach innen, und ich säße nicht hier. Hab' wohl 'ne Sekunde zu lange gezögert, weiß nicht warum, habe ihn dann aber doch noch erwischt. Der schießt nicht mehr. So ist das. Unsere Geräte sind inzwischen genauso gut oder noch besser als die der anderen, danke, Deutschland."

Abedin lachte sein kurzes, trockenes Lachen, oder war es das Lachen seines Vaters, schnippte eine Marlboro aus dem Päckchen und hielt sie zwischen zwei Fingern, ohne sie anzuzünden.

„Kommt jetzt nur noch auf dich an. Und, na ja, auf den Gegenüber natürlich. Wenn du rauskriegst, wie der tickt, bist du im Vorteil. Dann geht es um Sekundenbruchteile, der Rest ist, na ja, Routine wird es nie, kann es nicht werden. Vergiss die Filme, die dir was anderes erzählen wollen. Und jetzt hör mir mal gut zu ...“

Abedin sah mich an, und während wir einander einen schweigenden Atemzug lang in die Augen sahen, geradezu anstarrten, fiel mir auf, wie dunkel seine Augen waren, jedenfalls in Augenblicken wie diesem werden konnten, aber da hatte er sich schon wieder abgewandt.

„Jeder Treffer“, sagte er, „jeder Treffer, den du landest, und den du als Treffer realisierst, das ist nicht jedes Mal so, der trifft irgendwo und irgendwie auch dich. Er kommt zurück, irgendwann. Es ist wie in dieser Oper, die ihr Deutschen so liebt, wie mir in Berlin mal eine Freundin erzählte, die das Stück aber einfach nur kitschig fand: Die Kugel kommt zurück. Wenn diese Regisseure wirklich geschossen und getroffen und das auch mitgekriegt hätten, dann würden die meisten von denen nicht hinterher diese Kriegsheldenfilme drehen. Glaub mir. Töten, andere Menschen töten, nicht nur mal einen, das ist kein Heldenhandwerk, das ist ...“

„Sag mal“, fragte meine Frau in die Stille, „hast du nicht manchmal ...“ Sie fragte nicht weiter.

Abedin schwieg und beobachtete eine Weile die Schaukelbewegung der Zigarette zwischen seinen Fingern. Und während seine Finger jetzt die Zigarette zwischen Daumen, Zeige- und Mittelfinger festklemmten, zerbrachen, sorgfältig zerdrückten, zwischen Daumen- und Fingerspitzen langsam zerrieben, Tabak und Papierkrümel einen Augenblick aufmerksam betrachteten, dann mit der Handkante vom Tisch in die Aschedose wischten, sah er meine Frau an, sah aus dem Fenster, sah nicht, was er sah, sagte leise: „Jetzt ist es vorbei, denkst du, aber es ist nicht vorbei – das Ganze, die Bilder und so. Das musst du erst mal wieder loswerden, aus dem Kopf kriegen und manchmal auch aus deinen Träumen, die kommen ungefragt." Er machte eine Armbewegung, als wollte er wem winken, winkte aber niemandem, sondern stand auf.

Ich zeig' euch was. Er ging hinaus.

„Ajme Majko" – hatte meine Frau das vor sich in die Kaffeetasse geflüstert, oder war's Aimira?

Als Abedin wieder hereinkam, saßen wir immer noch, jeder für sich, in unserem gemeinsamen Schweigen.

Er schob einen dünnen, fleckig gegriffenen Plastikhefter auf die Wachstuchblumen auf dem Tisch und klappte ihn auf.

„Was seht ihr da?"

„Was sollen wir da sehen?", sagte meine Frau, „eine Toilette sehen wir, nicht die allerneueste Ausführung."

„Unsinn", sagte Abedin, „eine Sprengfalle seht ihr. Die erste Ladung geht los, wenn du dich auf die Klobrille setzt. Musste dir mal vorstellen, mit blankem Arsch lässt sich da jemand nieder und dann – dein Körpergewicht, wenn du dich auf die Klobrille setzt, löst die Zündung aus, oder auch wenn du sie hochklappst, funktioniert in beide Richtungen, nicht schlecht, was?"

„Widerlich, einfach unmenschlich."

Wir stellten es uns vor oder versuchten, es uns nicht vorzustellen, weil die Vorstellung zu widerwärtig und gleichzeitig so lächerlich war.

„Eine zweite Ladung löst du aus, falls die erste nicht losging, oder wenn jemand nur ins Klobecken pinkelte, ohne sich zu setzen, und wenn er dann den Griff für die Spülung zog ..., ganz schön schlau, oder? Aber wie du siehst, waren wir schlauer." Er blinzelte in den Rauch und tippte Asche ab.

„Jebentibogajarca", murmelte Abedins Vater, „verdammt noch mal, hinterhältige Hundesöhne. Und ihr", er sah Abedin an, „habt ihr so was auch gemacht?"

„Nein", sagte Abedin, „solche Schweinereien nicht. Aber gelegt und vergraben haben wir die Dinger auch. Und gezündet haben unsere auch. Was willst du machen? So ist Krieg. Wir haben ihn uns nicht ausgesucht. Der Krieg kam zu uns." Er blätterte um: „Und das, was ist das?"

„Das ist meine Küche", sagte Aimira, und alle lachten.

„Ja", sagte Abedins Vater, „tatsächlich, könnte sie sein." Man sah eine Kochzeile, wie sie viele hier hatten, mit den drei Herden, einen für die Gasflasche, einen elektrischen und den Herd mit Ofentür und Ofenrohr zum Schornstein fürs Heizen mit Holz. Mit dem heizten und kochten sie in den Dörfern im Winter und auch sonst oft. Alles andere war teuer und nur für Besuch und andere Notfälle. Oder wenn kein Holz da war.

„Wenn du die Klappe aufmachst, geht die eine Ladung los. Die andere, da musst du erst mal draufkommen, die wird durch die heiße Abluft ausgelöst. Dann fliegt dir das Ofenrohr um die Ohren. Da wären wir nie draufgekommen. Das hat uns einer verraten, wie man die da reinmontiert – und auch wieder entschärft. Ist nicht so einfach, aber nützlich zu wissen. Viele können ohne uns gar nicht wieder in ihre Häuser zurück."

Und so wanderte Abedin in seinem Fotoalbum (das hatte er zusammengestellt für die Anfänger in seiner Truppe, für Presseleute und gelegentliche wichtige Besucher, andere wurden gar nicht vorgelassen) mit uns durch Wohnungen,

Häuser, Gärten mit Wäscheleinen voll Wäsche, Schafställe mit Wassertrog (auch davor hatten sie eine Mine eingegraben), blieb stehen neben verminten Holzschuppen, auch das Flussufer der grünen Neretva war auf den nicht nur bei Anglern und Kindern so beliebten und viel begangenen Trampelpfaden unten am Wasser unbegehbar vermint, von Friedhöfen, Kircheneingängen und einem noch nicht abgeernteten kleinen Kohlfeld (auch da steckten welche!) abgesehen, und gab uns unerwarteten Anschauungsunterricht in seine neue Arbeit. Das verschlug uns die Sprache.

Noch erschreckender war der zweite Teil der Fotosammlung von Verletzten und Verstümmelten, die Abedin in seinem Hefter kurz überblätterte. Das Foto eines jungen Mannes im New-York-T-Shirt blieb hängen, obwohl es nur für einen Augenblick vor uns lag: Wie der dastand, breitbeinig, athletischer Körperbau, beide Unterarme endeten in weißen Verbandsstümpfen – die Hände fehlten.

„Der hat noch Glück gehabt", Abedin tippte auf das Foto, bevor er weiterblätterte, „ich kenne ihn, fing bei uns an, war zu ungeduldig, wollte einfach nicht hören, was man ihm in Ruhe erklärte, wollte gleich selbst ran, statt ... wollte dann nicht mehr leben. Überlebte überhaupt nur, weil ein Ärzteteam zufällig bei uns ..." Abedin schüttelte den Kopf. „War mehr als Glück für den, doch er sah das am Anfang ganz anders. Inzwischen fängt er an, sich damit abzufinden. Es gibt Prothesen, in Amerika, auch bei euch in Deutschland, mit denen kannst du dir weiterhelfen trotz allem, wenn du willst, mit denen kannst du sogar eine Kaffeetasse zum Mund heben. Dabei geht es nicht nur um Hände und Füße, es geht um hier ...", er klopfte sich mit der Knöchelfaust gegen den Kopf. „Ich denke manchmal an ihn und das Foto, wenn ich

müde werde. Und dann denke ich, hey, Abedin, hör auf, denk'
ich, jetzt machst du mal Pause und schaltest ab.

Berlin, sagte er, hast du mal was von einem Krankenhaus
Moabit gehört? Die haben da ein Therapiezentrum, da machen
sie echt gute Arbeit. Da waren mehrere von unseren Jungs zur
Behandlung. Wollten gleich dableiben. Kam natürlich nicht
infrage. Aber was soll's?"

Hatte Abedin das jetzt zu uns oder zu sich oder seinem Vater oder Aimira gesagt? Dann hatte er noch leiser gemurmelt:
„Was die da machen, und was wir hier machen, ist sowieso
nur ein Tropfen auf dem heißen Stein, wie man bei euch so
sagt. Bei uns sagt man's ähnlich: Nur ein Tropfen im Meer."

„Und du? Würdest du wollen, ohne Hände zu leben?",
fragte meine Frau leise, ohne mich anzusehen und mit einer
mir fremden Stimme. „Sag mal, würdest du wollen, in dessen
Lage?"

Ich schwieg. Würde ich wollen? Ein langes Leben lang
ohne Hände? Ich sah sie an, und wir sahen aneinander vorbei
und schwiegen. Dachten wir das Gleiche? Ich ohne meine
Hände? Oder sie ohne ihre Hände? Und schwiegen wir, weil
wir dachten, dass wir das Gleiche dachten? Aber würden wir
das auch noch denken, wenn es soweit war – wie bei dem
Mann auf diesem Foto oder bei den anderen auf den anderen
Fotos in Abedins Hefter vor uns auf Ferids Küchentisch?

„Pass auf dich auf, mein Sohn", sagte Ferid, erhob sich,
stützte sich am Tischrand ab und richtete sich auf (bedächtig
wäre jetzt das richtige Wort, dazu mit leichtem Stöhnen),
blieb hinter Abedin stehen und legte ihm die Hände auf
die Schultern. „Dragi sine moj." Er schüttelte den vor ihm
Sitzenden ein paar Mal, schüttelte ihn sanft, aber auch nicht
zu sanft. „Mein lieber Sohn, hör endlich auf damit, ich will

dich nicht auch noch verlieren. Du hast genug für unser Land getan. Der Krieg ist vorbei. Jetzt müssen wir weiterleben. Denk an deine Mutter."

Sie hatten die Peka mit Flugente und den Apfel namens Fatuhija hinter sich, auch die unerwartete Zugabe, mit Feigenmarmelade und Mandelsplittern gefüllte Palatschinken, und den Orahovac auf gehämmertem Messingtablett vor sich. (Sollte ich jetzt zu sagen wagen, dass dieses friedliche Essen, das wir Aimiras Kochkünsten und Abedins Einladung zu verdanken hatten, uns seinen Bericht trotz allem etwas weniger unerträglich machte? Vielleicht weil ein Rest von Hoffnung durchschien, Hoffnung auf Leben nach dem Krieg?)

Später, er rauchte noch eine, bevor wir aufbrachen, erzählte Abedin von den neuen Geräten, die entwickelt wurden, um die beim Minenräumen immer noch unvermeidlichen Menschenverluste so gering wie möglich zu halten. Hightech-Schutzkleidung hatten sie, die aussah wie überdimensionierte Taucherausrüstung. Die konnte zwar die Wahrscheinlichkeit tödlicher innerer und äußerer Verletzungen verringern, nicht aber Verluste oder schwere Verletzungen von Armen und Beinen ausschließen.

„Außerdem", sagte Abedin, „im Sommer kommst du in der Verkleidung um vor Hitze. Es ist wie Sauna, und du siehst nichts mehr. Der Schweiß läuft dir in die Augen, und du kannst nichts machen, deine Hände stecken ja auch in diesen Superhandschuhen." Eher für Science-Fiction-Filme als für Fahrten an den grünen Ufern der Neretva, über Felder und Ferids Entenwiese am Dorfrand von D. schienen die zu gigantischen Panzerfahrzeugen umgebauten Bulldozer gemacht. Statt der Baggerschaufel schoben sie eine gezähnte Walze vor sich her, um vergrabene Sprengkörper aus dem

Boden hochzureißen und durch den direkten Berührungs-druck zur Explosion zu bringen. Der Fahrer saß in einer mit Stahlplatten und Panzerglas gesicherten Kabine. Da, hinter der kleinen Fensteröffnung in diesem Monstrum, da saß doch tatsächlich Abedin, winkte und lachte ins Foto. Die meisten der immer noch in die Hunderttausende gehen-den Sprengsätze mussten aber nach wie vor und trotz aller Technik von Menschen mit Detektoren und in Handarbeit gesucht, freigelegt und entschärft werden. Anders ging's wegen Bodenbeschaffenheit und Baulichkeiten nicht. Und wegen des tödlichen Einfallsreichtums der Kämpfer auf beiden Seiten. Und dass nach dem Krieg, wie Abedin ihnen aus seinem Plastikhefter vorlas, jährlich Hunderte, später immer noch Dutzende von Menschen zu Tode kamen, und noch mehr zu lebenslangen Invaliden wurden, auch das schien unausweichlich.

Man versuchte alles. Ausländische Berater brachten neue Testgeräte mit. Sie machten sogar Versuche mit Ratten, die hatten besonders feine Nasen für TNT. Waren schlaue Vie-cher. Und ließen sich leicht dressieren. Doch das Foto von Abedins Lieblingsratte wollte weder sein Vater noch Aimira sehen. Zu ungewohnt war das alles. Ratten als Arbeitstiere? Manchen der Männer in Abedins Team war es einfach zu-wider, mit Ratten zu arbeiten. Dann schon eher mit Hunden. Aber ein mittelgroßer Hund, so einer wie Dinko, und Abedin zeigte auf ihn, der sich unter dem Küchentisch in aller Ruhe einem Knochenrest widmete, konnte mit seinem Körper-gewicht schon eine Explosion auslösen. „Hörst du, Dinko, du bist schon schwer genug für eine Mine, hör auf zu fressen." „Lass ihn", sagte sein Vater, „er ist ein guter, alter Hund, bewacht unsere Häuser."

„Was ist da noch zu bewachen?", fragte Aimira.

Der Hund sah hoch, hielt den Kopf schief, gab ein kurzes Gebell von sich, das alle auflachen ließ, legte eine Pfote auf den Knochen und benagte ihn weiter.

„Sag mir, wann du aufhörst", sagte Abedins Vater und ging zur Tür. „Hör auf, bevor es zu spät ist. Ich will dich nicht auch noch begraben."

„Ich weiß", sagte Abedin, „ich mach' nicht mehr lange, mein Vertrag läuft dieses Jahr aus, versprochen, Alter."

„Das Jahr ist noch lang."

Nach dem Essen gingen wir zusammen auf den Friedhof. Meine Frau und Aimira nahmen jede eine Lilie mit, eine von den großen Lilien aus Nivas Garten. Ferid hatte sie abgeschnitten.

Sollte ich noch sagen, wie die Geschichte weiterging? Dass ich doch noch einmal nach D. fahren musste? Weil die Warnung von Abedins Vater an seinen Sohn zu spät kam? Nicht zu spät kam, Abedin hatte vielmehr eingesehen, dass die Bilder, die ihn bis in den Schlaf verfolgten und denen er durch seine neue Arbeit zu entkommen hoffte, nur langsam verblassen wollten. Er hatte sich darum entschieden, noch ein paar Monate nach Auslaufen seines Vertrages weiterzumachen, um zwei Nachfolger einzuarbeiten. Dass es womöglich infolge einer Unachtsamkeit eines dieser beiden Männer zu dem Unfall kam, bei dem …

Und dass dieser letzte Besuch, den meine Frau mich allein machen ließ, weil sie sich das alles nicht noch einmal antun wollte, mir unheimlich naheging und mich mehr traf als alle vorangegangenen Begegnungen? Mit jedem Freund stirbt ein Stück eigenen Lebens.

Von Aimira erfuhren wir auf Umwegen in Milna, dass bald danach auch Abedins Vater gestorben war. Das war allerdings für mich kein Anlass, noch einmal dort hinzufahren.

Das kleine weiße Haus wird jetzt eines der vielen kleinen weißen Häuser in den halb oder ganz verlassenen Dörfern jener Gegend sein, deren Fenster nach dem Krieg vernagelt, deren Wände grau und rissig und deren Schornsteine kalt und brüchig wurden. Rosen und Lilien halten sich nicht lange in gärtnerlosen Gärten. Anders die Malven, die mit ihren zähen Pfahlwurzeln oft an den unwirtlichsten Wegrändern überleben. Eine solche Malve von einem dunklen, fast schwarzen lila Farbton, wie ihn Maler selten und die heutigen gar nicht mehr treffen können, kam jedes Jahr zwischen Tür und Fenster wieder, und ihre großen Blütenaugen wucherten bis an den Dachrand, da, wo in Nivas Garten die Regentonne stand.

Oder sollte ich (womöglich mit den Leserinnen und Lesern gemeinsam?) über dieses Ende hinaus zu hoffen wagen? Und weiter auf ein Lebenszeichen meines Freundes Abedin warten? Auf eine E-Mail in der leicht gehetzten Kurzdiktion heutiger Elektropost? Eine witzige Postkarte mit unleserlichen Unterschriften von einem Ausflug nach Mostar mit der wieder aufgebauten Alten Brücke? Von der nach wie vor junge Männer (inzwischen womöglich auch junge Frauen?) den Sprung zwischen Felsen in die Strudel der Neretva riskieren. Als ob dort nicht schon genug geschehen wäre. Oder auf einen Anruf zu ungewöhnlicher Tages- oder Nachtzeit?

„Na Alter, wie geht's dir so?"

„Abedin! Kann nicht wahr sein! Wo bist du?"

„Stari moj." Und dann, nach einer Pause, dieses trockene, kleine Gelächter, das wir schon kennen.

„Wo bist du? Sag schon. Wann sehen wir uns?" Wieder dies kleine Gelächter, und die Auskunft: „Ich bin nicht weit weg."

Abedin hat übrigens seinen Job als Elektroingenieur wieder aufgenommen. Und das Neueste: Er will heiraten. Und zwar, wen überrascht das noch, eine ebenso ungewöhnliche wie attraktive (in Sarajevo gibt es Frauen, die einem mit einem einzigen Augenblick ein langwirkendes, bisweilen lebenslanges Brandmal verpassen können, anscheinend hatte es endlich auch meinen Freund Abedin erwischt) Bosnierin, die im Krieg mit ihren Eltern nach Deutschland geflüchtet war, hier die Schule abgeschlossen hatte und erst als Jura-Studentin der FU Berlin in den Semesterferien, später als Mitarbeiterin an einem EU-Projekt zur Arbeit nach Sarajevo zurückgekehrt war.

Ein, zwei Mal im Jahr besuchten die jungen Leute das kleine Häuschen seiner Eltern in D. Im Nachbarhaus lebten nach dem Tode Aimiras (ihr Mann Ratko blieb verschollen) jetzt Leute aus Belgrad. Das heißt, eigentlich sind sie Flüchtlinge aus der Krajina.

(Krajina? Höre ich meine kroatischen Freunde fragen, du meinst wohl Lika.) Und Abedin? Was sagte Abedin, als ich ihn fragte, lange bevor der Wahnsinn, von dem hier die Rede war, begann. Bevor diese steinige, von der Krka zerklüftete Region zwischen Zadar und Split erst eine unabhängige Republik sein wollte, dann ein Teil Serbiens, dann von den Kroaten zurückerobert wurde, und die meisten Serben mit Sack und Pack und mit und ohne Traktor und Kuh flohen und erst nach und nach über die Jahre über die Berge zurück-kamen, ohne Kuh und Traktor, bis heute zurückkommen und ihre rauchgeschwärzten Häuser wieder instand setzten, mit Geld aus Kroatien und der EU und von Verwandten aus dem

Ausland (wo soll's denn sonst herkommen?), was also sagte mein Freund Abedin?

„Nenn's doch, wie du willst", sagte er, und tastete in der Brusttasche nach Zigaretten, „ist mir egal.

Ist es nicht wirklich egal? Hauptsache", er nahm einen Zug, atmete lange aus und sah dem Verschwinden des Rauchwölkchens nach, „sie lassen die Leute da endlich in Ruhe und am Leben und arbeiten, was sie wollen, und reden, was sie wollen, und beten, wenn sie wollen, was sie wollen, oder auch gar nichts beten, wenn sie nicht wollen, oder? Ist es nicht ganz egal und jedermanns eigene Sache? Sag doch selbst."

Die Antwort sah ihm ähnlich, echt Abedin, hätte ich mir auch vorher denken können.

Abedins Hochzeit, da sind meine Frau und ich uns einig, das wäre tatsächlich ein guter Grund für eine nochmalige Reise nach D. zu einem kurzen Besuch.

Es ist Sommer, noch nicht mitten im Jahr, sondern früher Sommer, sodass Nivas Garten noch in voller Blüte steht.

Wir gehen auf das Haus zu. Und das kleine weiße Haus mit den grünen Fensterläden wird mit jedem Schritt kleiner, der Garten aber, der Blumengarten unter und zwischen den beiden Fenstern, wächst mit jedem Schritt, wird größer und größer. Und die Malven in Rot, Rosa und Dunkellila ragen bis an die Dachrinne und beugen sich zu uns herab. Über den Zaun aus gespitzten, mit Drahtschlingen verbundenen Holzlatten wälzen sich Rosen. Dazwischen stehen einzelne große, unnahbar weiße Lilien.

Dann bellt ein Hund. Ein kleiner schwarzer Hund trabt auf federnden Pfoten bellend auf uns zu.

Dinko, da bist du ja, Dinko! Guter, alter Dinko!

Dinko bleibt stehen, hat uns längst erkannt, springt jaulend an uns hoch, wedelt, will wedelnd gestreichelt werden, noch mehr gestreichelt, leckt die streichelnde Hand, läuft uns voran, hetzt hechelnd zurück, bleibt kurz stehen und verschnauft, bellt und begleitet uns bellend bis an den Zaun und an die lange, weiß gedeckte, blumenbestreute, gläserblinkende, von lachenden, redenden, jungen und alten Leuten umstandene, umgangene, umgebene Hochzeitstafel davor.

„Sieh doch mal", sagt Marina leise und bleibt stehen, „das ist ja Nivas Garten, das ist ja ... das erinnert mich an ... dahinten gibt es sogar Tomaten, sieh doch mal ... und dieser Hochzeitstisch ... sag mal, wo hast du denn eigentlich unser Geschenk? Wir können doch hier unmöglich mit leeren Händen ..."

Zwei junge Leute kommen auf uns zu. Abedin in Schwarz mit Basilikumzweiglein im Knopfloch und offenem, weißem Hemd und (wirklich erstaunlich, sollte sie ihm das in so kurzer Zeit schon abgewöhnt haben?) ganz ohne Zigarette. Er sieht blendend aus. Und wie man sieht, er kann wieder lachen. Neben ihm Tereza, nicht in Weiß und ohne Schleier und Kopftuch, im hellen (oder sollte ich besser sagen, hellgelben oder doch champagnerfarbenen?), auf Taille geschnittenen Kostüm, Hals und Schultern umweht von einem blauen Seidentuch mit hellem Lilienmuster in der Farbe des Kostüms, eine strahlende Tereza. Reicht man uns die Hände? Werden wir geküsst? Tereza weiß von Abedin alles über uns. Wir sind seine Freunde, also werden wir geküsst und an den Tisch gezogen, erst zu ihren Eltern, dann zu Abedins Vater. Was für ein Fest! Wer hätte das erwartet?

Aber wäre es auch eine Option für einen guten Schluss dieser Geschichte? Oder hätte ich ihn sterben lassen sollen? Meinen Freund Abedin?

Im Tribunal

oder

Hinter der Glaswand

„Krvnik Balkana", schrien die Schlagzeilen, „Henker des Balkan!" Doch nicht in allen Zeitungen war von „Bluthund" und „Massenmörder" die Rede. Es kam darauf an, welche Zeitungen man las und wo sie erschienen, etwa in Zagreb und Sarajevo oder in Belgrad. Dort nämlich nannten sie denselben Mann „Retter Serbiens" und „Held der Heimat", der schuldlos in die „Mühlräder internationaler Machtpolitik" geraten sei.

Hermann Hardtfeld ließ die Zeitungen, die er vor der Abreise noch schnell im Institut gegriffen und in den Materialkoffer gestopft hatte, auf die Kacheln des Eisentischs klatschen. „Zur Einstimmung", sagte er. Wenn wer wollte und nachher noch Zeit sei, könnten die Sprachkundigen unter ihnen ein paar dieser heftigen Zeilen übersetzen und vorlesen, zur Einstimmung, wie gesagt. Nickte den Stühle rückenden, Papiere stapelnden Referentinnen zu und wandte sich in Richtung Theke und Kaffeeduft.

Sie hatten alles gut vorbereitet. Seine Assistenten hatten sich ins Zeug gelegt. Schließlich war diese Seminarexkursion nach Den Haag für alle Teilnehmer ein einmaliges Ereignis. Nicht weniger als drei der höchsten Gerichte standen auf dem Besuchsprogramm dieser Tage. Höhepunkt, ultimatives Highlight, wie seine jungen Leute sagten: der Besuch beim Jugoslawien-Strafgerichtshof der Vereinten Nationen, kurz ICTY. Dafür hatten sie einen ganzen Tag angesetzt. Am Morgen eine letzte Seminarsitzung im Hotel; danach Diskussion mit Staatsanwältin Wegehaupt, der einzigen deutschen Mitarbeiterin in der Anklagebehörde, in der in jenen Jahren mehr als 400 Juristen aus aller Welt arbeiteten; Mittagessen mit dem deutschen Richter am ICTY, Werner Grundberg. Dann die eigentliche Sensation: Hardtfeld und zehn ausgewählte Teilnehmer seines Seminars hatten die Erlaubnis erhalten, als Zuhörer am Milošević-Prozess teilzunehmen. Sie waren alle höchst gespannt, das Verfahren gegen den Mann, und sei es auch nur kurz, live zu erleben, der in Belgrad als Held gefeiert wurde, den die kroatische und bosnische Presse aber einen skrupellosen Kriegsverbrecher nannte und als „Henker" und „Bluthund" mit immer neuen Wendungen belegte. Auch deutsche Kommentare sprachen von „Völkermord", und Zeitungen schrieben von „Konzentrationslagern".

Was war das für ein Mann? Und wie würde er sich angesichts der Ungeheuerlichkeiten, die aus Massengräbern und in Zeugenaussagen auftauchten und für immer neues Entsetzen sorgten, vor der internationalen Justiz verteidigen?

Sie waren von Berlin mit dem Zug die Nacht durchgefahren. Im Hotel, eher ein Hostel einfachen Zuschnitts mit Eisenstühlen und Korbsesseln in gefliestem Foyer, das auch als Essraum diente, blieb wenig Zeit für eine kurze Schlafpause. Danach Frühstück. Was die hier Frühstück nannten. War wohl französischer Stil. Von den Holländern hatten sie anderes, britischem Breakfast ähnliches erwartet, und nicht dieses flockige Gebäck à la Croissant, hilfsweise kleines Käsesnack, dazu einen Becher Kaffee. Der allerdings war sehr gut. Trotzdem waren einige Studenten sofort losgezogen, um irgendwo in der Nachbarschaft noch schnell „was Essbares" zu finden, wie sie sagten. Sie kamen bald mit allzu großen, allzu knisternden Papier- und Plastiktüten zurück. Was die Bedienung, sagen wir besser: die Büfettchefin – denn sie war die Chefin nicht nur aller kross duftenden Croissants und Snacks hinter der Glastheke, sondern auch der Kaffeemaschinen und aller Gäste im Raum, eine füllige Schwarze – erst mit Kopfschütteln, dann aber mit anschwellendem Lachen quittierte, einer Lachexplosion, die alle ansteckte. In diesem Gelächter verlor das Tütenrascheln seine Peinlichkeit, wurden alle Bestellungen auf Cappuccino, Latte Macchiato, doppelten Espresso und wie die Wünsche heute alle heißen, die man früher schlicht eine Tasse Kaffee nannte, aufgerufen und weitergesagt. Auch Orangensaft war vorhanden, yes, Sir. Die dunkle Schöne zählte nochmal nach und ging. Croissants, belegte Brötchen, auch ein Bündel Bananen, eine Tüte Äpfel und etliche Pizza- und Käsestücke wurden diskret weitergereicht, die Tüten verschwanden, wenn auch nicht alle. Das Frühstücksseminar konnte beginnen.

Die beiden Referentinnen verteilten zwischen Tellern, Tassen, Saftflaschen und Wassergläsern letzte, im Nachtzug nachsortierte Unterlagen. Die Sitzung begann pünktlich 8.15 Uhr, sagen wir, nach nochmaligem Blick auf die Uhr, fast pünktlich. Hardtfeld war selbst erstaunt und nahm einen langen, langsamen Schluck Kaffee. (Der war wirklich sehr gut, das musste er als Teetrinker anerkennen. Kaffee konnten sie, diese Holländer. Dabei hatte er sie immer für eine Teenation gehalten. Offenbar ein Irrtum.)

Die Referentinnen starteten mit einem Gag. Sie erhoben sich, lächelten und sagten, vielmehr riefen, sangen geradezu ins Frühstücksgemurmel, zuerst Barbara Steinhardt (von den Teilnehmern kurz Barba genannt): „No peace without justice!" Sie gab mit erhobener Hand den Takt dazu: „This is why we need international criminal jurisdiction! And why we need world wide support by everybody and every nation!" Und während sie leiser hinzusetzte: „Judge Goldstone, first Prosecutor of the ICTY", folgte neben ihr Lea Leineweber mit der deutschen Fassung: „Kein Friede ohne Gerechtigkeit! Darum brauchen wir eine internationale Strafgerichtsbarkeit und die weltweite Unterstützung von jedermann und jederfrau und allen Nationen!" Schon kam Beifallklatschen von zwei jungen Männern am Tisch neben der Kaffeetheke mit der Aufmunterung:

„Go on, please, go on! We agree!"

„Yeah, mee too", kam's auch von der Büfettchefin.

Diese unerwartete Resonanz rief allseits erneutes Gelächter hervor, Gelächter der Referentinnen, der anderen Seminarteilnehmer und auch fremder Frühstücksgäste aus dem Hintergrund. (Das ging ja gut los, dachte Hardtfeld. Doch seine Befürchtung, die Sitzung könnte aus dem Ruder laufen, erwies sich als unbegründet, denn die beiden Referentinnen kamen ohne weitere Umschweife zur Sache.) Judge Richard Goldstone, erklärte Lea Leineweber, der erste Chefankläger dieses ersten Internationalen Strafgerichtshofs von 1993 seit den Militärtribunalen von Nürnberg 1945 und Tokio 1946, habe noch ein weiteres wichtiges Argument für einen supranationalen Strafgerichtshof genannt. Und wieder hob sie Stimme und Hände: „To avoid unjustified impunity of military commanders and responsible political decision makers."

Darum gehe es letztlich: Die unerträgliche Straflosigkeit militärischer und politischer Verantwortungsträger, deren

Entscheidungen immer wieder in militärische Konflikte mit schwersten Kriegs- und Menschlichkeitsverbrechen und menschlichen Tragödien führten, endlich zu überwinden.

„Es muss diesen Leuten, seien sie nun Staatspräsidenten oder Generäle oder auch nur Kommandeur einer Militäreinheit, ein für alle Mal die Grundlage entzogen werden, ungeachtet schwerer Verletzungen nationalen und internationalen Rechts und der Opfer an Menschenleben weiterhin ihre menschenrechtswidrigen Entscheidungen zu treffen, Befehle zu geben und Menschen, vor allem Zivilisten, in Unglück und Tod zu stürzen.“

„Und sich dann auf höhere Staatsinteressen, Handeln auf Befehl und Straflosigkeit zu berufen“, ergänzte Barba Steinhardt.

Und in Fällen, in denen massenhafte Kriegsverbrechen begangen worden seien, wie in diesem Balkankrieg, sei es nur konsequent, alle zur Verantwortung zu ziehen. Egal ob einfache Soldaten, Offiziere, Befehlshaber oder sogar ehemalige Staatspräsidenten.

Diese frei vorgetragene Einleitung war zwar nicht durchgängig präzise, doch von Überzeugung, ja jugendlicher Begeisterung getragen. Jetzt, so die Referentinnen, sollte eine knappe Analyse rechtlicher Gründe und Gegengründe folgen. Sie folgte nach erneutem Tassengeklimper und Tütengeräusper, überzeugte aber nicht alle Teilnehmer.

Gerhard Jäger und Günter Bauermann – „der Grüne Jäger“ und „der Schwarze Bauer“, wie die anderen jenen wegen seines Namens und diesen wegen seiner pechschwarzen Mähne und seines brillanten Schachspiels nannten, zwei seiner Hiwis und Stars im Seminar dieses Semesters – meldeten Widerspruch an.

Sie ließen sich auch durch das Zwischenspiel der Geschirr und Tüten einsammelnden Büfettchefin nicht stören: „Where are you from, you nice guys? Berlin? Oh Berlin, I love Berlin! I've been on the top of the Rjksdag. We took a riksha to the Brandenburg Gate. I just loved it." Und sie winkte mit lässiger Gebärde leere Tassen und Teller herbei.

Das Ziel, so jetzt Bauermann, sei ethisch und rechtspolitisch einleuchtend. Der Weg dahin von den Referentinnen jedoch nicht überzeugend begründet.

„Woraus wollt ihr denn die Geltung völkerrechtlicher Verbotsnormen als Strafgrund mit unmittelbarer Wirkung für und gegen einzelne Täter letztlich herleiten?"

„Richtig", schob Jäger nach, „das nationale Strafrecht beruht doch in der Regel auf einem Strafgesetz, das jeder Straftäter kennt, jedenfalls kennen und in seiner Landessprache im Gesetzblatt lesen kann – wenn er will." Es bestehe da eine Art Verantwortungszusammenhang zwischen den Rechtsetzern, also den Volksvertretern, die durch demokratische Wahlen von den Bürgern beauftragt seien, Gesetze zu machen und den Bürgern, die ...

„Zwischenfrage: Geht's auch etwas einfacher?"

Jäger sah fragend zu Hardtfeld hinüber. Der schwieg, nahm einen Schluck dieses Kaffees, der auch lauwarm noch sehr gut war, sah aus dem Fenster (vor dem in einiger Entfernung eine Straßenbahn regenglänzenden Asphalt durchschnitt und den Seminartisch leicht vibrieren ließ) und lächelte. Am besten lassen wir ihn jetzt weiterlächeln und schweigen. Denn was da eben als schwer verständlich bemängelt wurde, hatte der Redner aus Hardtfelds jüngstem Aufsatz „Der neue Balkankrieg als Herausforderung für das nationale und internationale Strafrecht" ziemlich wörtlich übernommen.

„Es ist doch so", Bauermann machte einen neuen Erklärungsversuch, „die Bürger, darunter auch die Straftäter eines Landes, haben ihre Volksvertreter, die das Strafgesetz erlassen, selbst gewählt. Sie haben damit die im Gesetz enthaltenen Rechtspflichten freiwillig übernommen. Sie könnten, theoretisch jedenfalls, wenn ihnen das Gesetz nicht passt, einen anderen Gesetzgeber wählen. Dieser demokratische Geltungsgrund fehlt im Internationalen Recht. Es gibt keinen Weltgesetzgeber. Jedenfalls noch nicht. Weder die UN-Vollversammlung noch der Sicherheitsrat haben Gesetzgebungskompetenzen, woher auch? Es gibt kein Weltvolk und kein gewähltes Weltparlament. Die kulturellen und Rechtstraditionen sind viel zu verschieden – und werden es auch bleiben. Bis auf Weiteres jedenfalls."

Doch die Referentinnen ließen sich das Heft nicht aus der Hand nehmen. Erstens gebe es diesen demokratischen Geltungsgrund auch im Völkerstrafrecht und zwar vermittelt durch das Konventionsrecht.

„Wenn nämlich die einzelnen Staaten internationale Vereinbarungen ratifizieren, wie zum Beispiel die Genfer Konventionen über die Behandlung von Gefangenen und Zivilpersonen im Krieg oder die neue Konvention über den Ständigen Internationalen Strafgerichtshof, geschieht das durch Zustimmung ihrer gesetzgebenden Volksvertretung, also ihres Parlaments, zu diesen Konventionen. Die Vorschriften einer solchen Vereinbarung werden damit in dem Staat, dessen Parlament sie angenommen hat, geltendes Recht. Eben weil das von den Wählern einschließlich der Straftäter dieses Landes demokratisch gewählte Parlament zugestimmt hat. Außerdem ..."

Hardtfeld hob den Arm und tippte auf seine Uhr am Handgelenk: „Noch fünf Minuten, maximal."

Die Referentinnen nickten, hoben beschwichtigend die Hände und versuchten, (ohne Rücksicht auf Verständlichkeit für damalige Hörer und jetzige Leser) schneller zu reden.

Außerdem könne für schwere und schwerste Kriegs- und Menschlichkeitsverbrechen seit den Militärtribunalen von Nürnberg und Tokio von einem universellen Geltungsgrund in Form von Gewohnheitsrecht ausgegangen werden. „Mord und Totschlag, schwere Körperverletzung, also Folter, Misshandlung von Kriegsgefangenen und Vergewaltigung von Frauen im Krieg und in besetzten Gebieten sind außerdem seit Langem in allen europäischen und anderen Strafgesetzbüchern und in zahlreichen internationalen Vereinbarungen verboten und strafbar." Was doch wohl jeder wisse oder wissen könne. Auch jeder Straftäter.

„Gewohnheitsrecht schön und gut", fragte Bauermann zurück, „aber wie wollt ihr denn die gewohnheitsrechtliche Geltung von Rechtsnormen behaupten, die von der westlichen Führungsmacht USA und den anderen großen Ländern der Erde wie Russland, China und Indien im Konfliktfall offensichtlich immer wieder nicht beachtet werden? Wo bleibt da die Rechtsgewohnheit?" Er hob, nicht ohne theatralische Übertreibung, beide Hände und ließ sie wieder sinken.

Auf jeden Fall, beharrte Leineweber, und ihr blasses Gesicht rötete sich, während sie lauter wurde, auf jeden Fall sei die Errichtung des ICTY als eine Art „juridischer Intervention" gerechtfertigt. Denn der Sicherheitsrat dürfe aufgrund der UN-Charta auch viel weitergehende, sogar militärische Maßnahmen zur Friedenssicherung beschließen. Da gelte der Satz *a majore ad minus*.

„Was soll das denn nun wieder heißen?", kam die nächste Zwischenfrage aus dem Hintergrund. „Bitte übersetzen."

„Ganz einfach", war die Antwort Lea Leinewebers, und sie warf ungeduldig ihren roten Schopf über die Schulter zurück, „wenn mehr erlaubt ist, ist weniger erst recht erlaubt." Statt mit Panzern am Tatort einzugreifen, was zu beschließen der Sicherheitsrat berechtigt gewesen sei, habe man als wesentlich weniger schwerwiegende Maßnahme nur ein internationales Gericht zur Friedenssicherung durch Strafverfolgung der Täter eingerichtet.

Sie erhoben sich und schoben ihre Papiere zusammen. Den Rest möge man bitte in ihrem Handout lesen, wenn's nicht schon im Zug oder vorher geschehen sei: „Ihr hattet dafür doch die ganze Nachtfahrt Zeit."

Sie hofften außerdem – entgegen Protestgemurmel der Zuhörer –, dass alle wenigstens die angegebenen knappen Auszüge aus der Entscheidung des ICTY zur Begründung seiner Gerichtsbarkeit gelesen hätten. Und winkten nochmal mit erhobenen mit Papieren.

Auf einen ihnen besonders am Herzen liegenden, aus ihrer Sicht wichtigen Punkt in der Rechtsprechung dieses neuen Gerichts, der über den ganzen Grundsatzdebatten bisher zu wenig beachtet worden sei, wollten sie zum Abschluss dieser zu kurzen Sitzung aber doch noch hinweisen: „Endlich und ausdrücklich", und Lea Leineweber hob wieder ihre Stimme, „ist die Misshandlung und Vergewaltigung von Frauen als strafbares Menschlichkeitsverbrechen anerkannt worden. Und endlich ist dazu ein erstes Grundsatzurteil ergangen. Weitere werden folgen."

Welche verheerenden Langzeitwirkungen, welche nicht nur körperlichen, sondern vor allem auch langwirkenden, oft lebenslangen seelischen Verletzungen der einzelnen Betroffenen, aber auch welche Zerstörungen der sozialen Beziehungen, der Familien in den kriegsbetroffenen Regionen diese massenhaften und grausamen Vergewaltigungen anrichteten, das sei noch viel zu wenig bekannt und bewusst.

„Lest bitte unsere Thesen dazu. Die Staatsanwältin wird uns nachher im Gericht zu dieser neuen Rechtsprechung und den Beweisfragen, die dabei auftauchen, speziell bei der Vernehmung von Zeuginnen als Opfer von Vergewaltigung und Folter, noch Näheres sagen. Danke!" Das war's.

Beifallklopfen rings um den Tisch auf den Tisch mit tanzenden Tassen. Beifallklatschen auch der Gäste aus dem Hintergrund, obwohl die doch unmöglich alles verstanden haben konnten. Oder doch? Hardtfeld nickte zufrieden. Viel mehr war in der Kürze der Zeit nicht zu leisten. Die Referentinnen hatten ihre Sache gut gemacht, und er sagte es ihnen.

„Nice to listen to you, young ladies, don't give up." Die Büfettchefin hielt ihnen die Glastür auf: „See you, see you again." Auch das waren die Niederlande. So viel freundlicher Service war in Berlin ungewöhnlich.

Sie hatten einen der zierlich-altmodischen Straßenbahnanhänger geentert und sich mit Geklingel Richtung Stadtzentrum schaukeln lassen. Wo sich das Gericht befand, wusste in Den Haag jeder. Und jetzt, nachdem sie Straßenbahnen, Autoverkehr und die allgegenwärtigen Fahrradschwärme hinter sich gelassen hatten, standen sie auf dem weiten, leeren Platz vor dem berühmten Gericht, von dem in diesen Wochen in allen Zeitungen die Rede war. Das Gebäude wirkte enttäuschend. Vielleicht lag's auch am Wetter, denn es nieselte immer noch oder schon wieder. (Wie in schlechten Filmen, dachte Hardtfeld, wenn dem Regisseur nichts anderes einfällt und die Stimmung niederdrückend ist oder sein soll, fängt's im Film zu regnen an. Aber dies war kein Film. Hardtfeld stand tatsächlich mit seinen Studenten an einem für Seminare zu frühen, zu regenkalten niederländischen Morgen auf dem Churchill Plein vor dem ICTY. Und war gespannt, was auf sie zukam.)

„Sieht aus wie 'ne Bank oder Versicherung."

„Stimmt", sagte Hardtfeld, „war es auch bis vor Kurzem. Im hinteren Teil des Gebäudes arbeitet immer noch eine Versicherung." „Und auf dem Dach die Reklame", setzte Bauermann fort, „ICTY, sponsored by ..." – und er machte ein Foto. „Das kann man doch so nicht sagen", protestierte die Referentin Leineweber.

„Wieso nicht? Hast du nicht gelesen, was Florence Hartmann über die politische Abhängigkeit oder, besser gesagt, die politische Hörigkeit dieses ICTY geschrieben hat? Die Dame muss es ja wohl wissen, war selbst jahrelang Sprecherin des Gerichts. Wes Brot ich ess, des Lied ..."

Er wies mit langem Arm auf das graue Gebäude vor ihnen, an dem zwei Entlüftungsschächte ins Auge fielen. Oder waren es überdimensionale Kaminschornsteine, deren Spiegelbild einzelne Windböen auf der Wasserfläche davor in winzige blaugrüne Wellen zerriffelten – und bei Windstille wieder zusammenfließen ließen. Dann wurde auch das Firmenlogo im Wasserspiegel wieder klar lesbar. Dahinter eine Reihe kleiner Fenster. (Offenbar die Treppenhaus- oder Toilettenfenster, die im Verlauf dieses Tages noch eine so ungeahnte Rolle spielen sollten.)

„Und kaum hatte sie geschrieben, was sie während ihrer Tätigkeit als Sprecherin erfahren hatte", fuhr Bauermann fort und zeigte mit ausgestrecktem Arm noch einmal auf das graue

Gebäude vor ihnen, „was geschah da? Sie wurde verhaftet und von diesem Gericht, in dem sie jahrelang gearbeitet hat", er stieß nochmal mit spitzem Finger nach, „wegen Missachtung des Gerichts verurteilt. Muss man sich mal vorstellen. Jemand sagt, was Sache ist, dass nämlich dieses Gericht nicht politisch unabhängig, sondern von gewissen Ländern, vor allem von den USA, abhängig ist, und wird deswegen angeklagt und wegen Missachtung des Gerichts verurteilt – alles im Namen der Gerechtigkeit. Und alles von demselben Gericht. Musste dir mal vorstellen."

Lea Leineweber schüttelte schweigend den Kopf und schnippte ein Steinchen ins Wasser. Zu klein, um weitere Wellen zu ziehen.

Alle außer Hardtfeld fotografierten. Sie fotografierten sich und einander, allein und zusammen, mit und ohne Gerichtsgebäude mit glattschwarzer oder windgeriffelter Wasserfläche davor oder ohne, sie fotografierten einander als Zweier- und Vierergruppe, machten auch ein Gruppenfoto am Brunnenrand des weiten Rondells mit Hardtfeld, den sie unter Gelächter so lange hin- und herschoben, bis er, wie sie meinten, richtig stand. Klick. Klick.

Das Fotobuch liegt vor mir auf dem Schreibtisch. Ich streiche mit vorsichtigen Fingerspitzen über den blaugrün geriffelten Kunststoffeinband, streichele mehrmals langsam hin und her, um Zeit zu gewinnen, oder warum streiche ich über diesen kühlen, wie oft bei Plastik leicht klebrigen Einband in einer undefinierbaren blau- oder eher blassgrünen Farbe, die man früher Aquamarin genannt hätte und jetzt vielleicht „Schilf" nennen würde oder „Meergrün"? Endlich schlage ich es auf.

Als Erstes fällt der Blick auf ein Gruppenfoto. Mittig auf Seite eins geklebt, darunter handschriftlich zehn Namenskritzel ohne weiteren Begleittext, springt es dem Betrachter geradezu ins Auge. Da es eine Vergrößerung ist, sind die meisten Gesichter der Abgebildeten gut erkennbar. Für den, der sie kennt. Bis auf den Mann in der Mitte der Gruppe. Die obligatorische schwarze Baskenmütze verdeckt Stirn und Augen, macht ihn also unkenntlich.

Ich blättere weiter. Das Gerichtsgebäude mit den beiden auffälligen Entlüftungsschächten, oder waren es überdimensionale Kaminschornsteine, deren Spiegelbild einzelne Windböen auf der Wasserfläche davor in winzige blaugrüne Wellen zerriffelten – dazu ein Firmenlogo.

Flankiert wird der leicht vornübergebeugt dastehende Mann im hellen Baumwollmantel von den Referentinnen jenes Tages. Die im roten Anorak ist Lea Leineweber. Die dann diese nicht immer nachvollziehbaren Reibereien mit seinem damaligen Hilfsassistenten hatte, den sie den Schwarzen Bauern nannten. Was wohl aus den beiden geworden sein mag? (Er hätte sie, wie die meisten seiner Seminarteilnehmer und Hilfsassistenten, aus den Augen verloren und vergessen, wenn nicht dieses unerwartete Prozesserlebnis gewesen wäre, das der damals für ihr Thema so engagierten Lea mehr als allen anderen Teilnehmern zugesetzt und sie an den Rand des Zusammenbruchs oder sogar darüber hinausgeführt hatte.)

Im Eingangsbereich vor dem Gericht, auch schon draußen vor dem für die mehrfachen Sicherheitsschleusen vorgebauten dunkelgrauen Kasten aus Stahl und Panzerglas mit der zweisprachigen Aufschrift war das Fotografieren verboten.

„No photos, Sir, please, no photos. Sorry, I said no photos at all!"

Das Sicherheitspersonal des Gerichts war ebenso höflich wie entschieden im Auftreten. Worum es in diesem Gericht ging, um nicht weniger als Krieg nämlich, und dass dieser neue Balkankrieg, den Hardtfeld und andere auch „Jugoslawienkrieg" nannten, noch immer nicht zu Ende war, nicht in den Köpfen und nicht auf den Kriegsschauplätzen (was für ein entlarvendes Wort!), auch lange nach dem im Dayton-Abkommen vereinbarten Waffenstillstand nicht, wurde jedem Eintretenden angesichts der Sicherheitsvorkehrungen und sorgfältigen mehrfachen Kontrollen sofort klar. Überall sahen sie sich umstanden und begleitet von offensichtlich gut trainierten Sicherheitskräften mit Maschinenpistolen. Oder auch mit einfachen Revolvern im Gürtelhalfter.

Auch Hardtfeld und seine Seminargruppe wurden von einer freundlichen jungen Frau in gut sitzender Uniform mit lässig, geradezu filmreif lässig umgehängter Maschinenpistole weitereskortiert, nachdem sie von Elektronik durchleuchtet, von Argusaugen identifiziert („Please take off your cap, Sir!"), von männlichen oder weiblichen weißen Handschuhhänden abgetastet worden waren und ihre Personalausweise gegen nummerierte Plastikschildchen eingetauscht hatten, die ihnen gut sichtbar um den Hals hingen.

Als der Schwarze Bauer, oder war's ein anderer aus der Gruppe, doch noch versuchte, ein Foto unter einem der großen Monitore zu machen, auf dem gerade die Übertragung einer Sitzung lief, wurde auch der bis dahin schweigsame männliche Begleiter ihrer Gruppe laut und ungeduldig ...

Hardtfeld sah sich zu einer Entschuldigung und dem Hinweis veranlasst, doch bitte die Anordnungen der Sicherheitskräfte zu befolgen oder das Haus zu verlassen. Die Begleiter waren's zufrieden und führten sie weiter durch Gänge, über Treppen in andere Korridore. Und durch erneute Sicherheitskontrollen.

Das Gebäude erwies sich innen als größer als von außen wahrnehmbar. Seine labyrinthischen Dimensionen hatten, wie die Studenten bei dieser Gelegenheit lernen konnten, den Vorteil, das Prinzip der strikten Trennung von Anklagebehörde, Verteidigung und Gericht auch rein räumlich durchzusetzen. Unmöglich also, dass Richter, Staatsanwälte und Verteidiger oder deren Mitarbeiter in einer gemeinsamen Gerichtskantine saßen und aßen, womöglich noch am selben Tisch. Was in Deutschland gang und gäbe war, hätte hier sofort einschneidende prozessuale Folgen gehabt. Welche nämlich?

„Befangenheitsantrag", kam es von den Referentinnen.

„Richtig." Seine Leute wussten Bescheid.

Ihre bewaffneten Begleiter verabschiedeten sich. See you.

Im leeren, kahlen Besprechungsraum der Anklage war es nach dem Gerede und Gerenne in der Eingangshalle und auf Gängen und Treppen still. So überraschend still, dass diese Stille auch die Teilnehmenden erst eine Weile schweigen, dann nur flüsternd weiterreden ließ. Bis die beiden Referentinnen die unverhoffte Gelegenheit erfassten, solange die erwartete Staatsanwältin nicht aus ihrer Besprechung kam, den Punkt näher zu erläutern, der ihnen besonders am Herzen liege, und in der Frühstückssitzung zu kurz weggekommen sei: die Lage der Frauen in diesem schrecklichen Krieg. Und die prozessualen Probleme der Frauen als Opfer und Zeuginnen in diesem und anderen jetzt laufenden Strafverfahren vor diesem Tribunal.

„Schon wieder die Frauenfrage …"

Wer immer diese leise Zwischenbemerkung von sich gegeben haben mochte, hätte sie besser unterlassen. Denn nicht nur die beiden Referentinnen, sondern auch die anderen Teilnehmerinnen reagierten mit lautstarker Empörung.

„Macho!", wiederholte sich und blieb hängen.

„Du hast wirklich keine Ahnung."

„Alle Kriege sind Männerkriege. Das ist bis heute so. Willst du das etwa bestreiten?"

„Wohl noch nie das Wort Flintenweib gehört?"

Doch dass diese Erwiderung von männlicher Seite nur missmutiges Gemurmel bei den Teilnehmerinnen hervorrief, war verständlich. Auch Hardtfeld schüttelte den Kopf. Denn hatte nicht die blasse, jetzt hochrote Lea Leineweber vollkommen recht, waren nicht alle bisherigen Kriege Männerkriege?

Da erschien die Staatsanwältin.

Vor ihnen stand eine schmale, dunkelhaarige Frau, die mit leiser Stimme und ebenso leisem Lächeln zu ihnen sprach. Blass war sie, doch die offenbar aus Überarbeitung resultierende Blässe unterstrich die Wirkung ihres Blicks aus dunkel umränderten Augen. Ihre zur Seite gekämmte, gelegentlich ein Auge verdeckende Frisur und ihre Kopfhaltung erinnerten Hardtfeld an ein Foto seiner Mutter aus deren Studienzeit in den Zwanzigerjahren des vorigen Jahrhunderts. Und tatsächlich war diese Staatsanwältin, Diana Wegehaupt, die jetzt in ihrer Mitte Platz nahm, auch nach der Mode jener Jahre gekleidet. An einen großen, schwarzen Stein, den die Dame vor ihm an einem, tatsächlich nur an einem Ohr trug, konnte er sich allerdings auf dem erwähnten alten Foto nicht erinnern.

Sie schob den Jackenärmel von einer winzigen Uhr am Handgelenk. Fünfundvierzig Minuten könne sie ihnen heute widmen, mehr beim besten Willen nicht, leider.

„Meine Damen und Herren", begann die Staatsanwältin, „lassen Sie mich gleich in medias res gehen mit einer Äußerung zur politischen, menschlichen und rechtlichen Problematik, die auf Wunsch Ihrer Seminarreferentinnen im Zentrum unseres Gesprächs stehen soll: Gewalt gegen Frauen als Kriegs- und Menschlichkeitsverbrechen und die Rolle der Frauen als Opfer und Zeuginnen in der Beweisaufnahme."

Sie hielt kurz inne, strich sich mit zwei Fingern das Haar aus der Stirn und fuhr leise und deutlich artikulierend fort:

„Die immer wiederkehrende und bis in die jüngste Zeit oft ungeahndete massenhafte Gewalt gegen Frauen in Kriegen und militärischen Großkonflikten, und zwar nicht nur in Europa, sondern weltweit", sagt Anne White, „ist der unerträgliche Preis, den die Frauen für die nach wie vor in Gesellschaft, Politik und Wirtschaft existierende Ungleichheit und die männliche Dominanz zahlen. Das zu ändern, meine ich, ist Sache der Frauen. Es kann offenbar von den Männern nicht erwartet und geleistet werden. Denn bei nüchterner Betrachtung gilt bis heute und bis zu diesem neuen Balkankrieg, oder sagen wir besser Jugoslawienkrieg, der uns hier beschäftigt, der Satz: Alle Kriege sind Männerkriege."

„Und die Amazonenkriege?", wagte eine Zwischenfrage.

„Ausgenommen", die Staatsanwältin sah auf, „ausgenommen vielleicht die Amazonenkriege, falls die nicht doch reine Verteidigungskriege gewesen sein sollten, soweit sie überhaupt jenseits der Mythologie stattfanden." Nun durften alle lächeln. Bis die nächste Zwischenfrage kam: „Und der schöne

Satz: ‚Die Mütter machen die Söhne, die Frauen machen die Männer' – was folgt aus dem?"

„Aus dem folgt", erwiderte sie kurz, „dass er diese erwachsenen Männer nicht aus ihrer eigenen Verantwortung für ihr späteres Handeln entlässt. Ich hoffe, da sind wir uns einig."

Sie hielt inne, sah von ihren Notizen hoch, sah den Anwesenden beim Mitschreiben zu, wartete einen Augenblick, fuhr dann fort:

„Vergewaltigung im Krieg war lange Zeit nicht als eigener Straftatbestand des Internationalen Strafrechts anerkannt. Das hat sich mit dem Statut dieses Jugoslawien-Strafgerichtshofs geändert. Es muss unser Ziel sein, und zwar nicht nur das der Frauen, sondern aller an der Durchsetzung von Gerechtigkeit durch internationale Strafgerichtsbarkeit arbeitenden Politiker, Juristen und Zeitgenossen, an der Präzisierung und Anwendung dieser Strafvorschriften weiterzuarbeiten und die massenhafte, systematische Vergewaltigung von Frauen als das anzuerkennen, was sie ist: ein schweres strafwürdiges Kriegs- und Menschlichkeitsverbrechen.

Das Statut dieses ICTY bietet, wie Sie sicherlich wissen", sie schwieg, hob den Kopf und sah sich in der Runde um, „verschiedene Anknüpfungspunkte für die Strafverfolgung: Es kann sich bei den massenhaften und grausamen Formen von oft tödlich endender sexueller Gewalt gegen Frauen unter bestimmten Voraussetzungen um Völkermord, ferner um Verletzungen des Humanitären Völkerrechts und schließlich um Verbrechen gegen die Menschlichkeit handeln. Nur dieser Sammelstraftatbestand der Verbrechen gegen die Menschlichkeit nennt im Statut unseres Gerichts ausdrücklich Vergewaltigung als Unterfall. Das bedarf der weiteren Konkretisierung. Aber das wissen Sie ja bereits aus Ihrem Seminar."

Sie lächelte, sah erst zu Hardtfeld, dann zu den beiden Seminarreferentinnen hinüber und wartete deren Kopfnicken ab.

Lassen wir also, wie es so schön heißt, dieses Lächeln über das Gesicht der Staatsanwältin huschen und sie ein neues Blatt aus ihrer Mappe ziehen, einen Blick darauf werfen und fortfahren.

„So viel zum politischen Hintergrund und den Rechtsgrundlagen. Und nun zu diesem Krieg. Ich beziehe mich auf eine der besten Kennerinnen der Vorgänge, Louise Webster. Sie hat zahlreiche Zeuginnen und Zeugen nach deren Entlassung aus den verschiedenen Lagern in Bosnien befragt. Seit sie uns vor einigen Monaten hier in diesem, zugegeben, nicht gerade anheimelnden Raum, in dem Sie jetzt sitzen, ihren letzten Erfahrungsbericht gab, sind es inzwischen wohl Hunderte von Opfern, die sie interviewt hat.

In diesem Krieg, so fasst sie ihre bisherigen Befragungsergebnisse zusammen, findet Vergewaltigung als offizielle Kriegspolitik statt. Es ist Vergewaltigung nicht bloß als einzelner, männlicher Willkürakt, sondern auf Befehl und nicht außer Kontrolle. Es ist Vergewaltigung bis zum Tod, Vergewaltigung als Massaker, Vergewaltigung, um zu töten oder im schlimmsten Fall die Opfer wünschen zu lassen, sie wären lieber tot, statt weiterleben zu müssen."

Leiser setzte sie hinzu: „Ich habe während meiner bisherigen Arbeit in der Anklagebehörde dieses Gerichts Sachverhalte erfahren, von denen ich mir nicht hätte träumen lassen, sie jemals in meiner Berufstätigkeit als deutsche Staatsanwältin erfahren zu müssen. Aussagen berichten von der vielfach wiederholten Vergewaltigung einzelner Frauen, die man dann liegen und an ihren inneren Verletzungen verbluten ließ oder vor den Augen der Leidensgenossinnen gleich danach erschoss. Von Vergewaltigungen, während derer den Frauen brennende Zigaretten auf dem Körper ausgedrückt, nach dem Akt Besenstiele oder Bajonette in die Scheide gerammt ..."

„Nein!", schrie eine der Teilnehmerinnen auf und erstickte ihren Schrei hinter vorgehaltener Hand. War es Lea oder Barba Steinhardt?

„Von der Vergewaltigung Schwangerer", setzte die Staatsanwältin mit ruhiger Ansagerinnenstimme fort, „denen anschließend bei lebendigem Leib der Bauch aufgeschlitzt, das Ungeborene herausgerissen und unter Gelächter aufgespießt wurde, von Frauen, die vor den Augen ihrer mit vorgehaltener Waffe in Schach gehaltenen Ehemänner vergewaltigt, denen danach vor den Augen ihrer Frauen die Genitalien abgeschnitten ..."

Der scharfe Zischlaut zwischen Zähnen eingesogenen Atems eines oder mehrerer Zuhörer ließ die Rednerin innehalten. Ein Ringhefter klatschte zu Boden.

Lea Leineweber saß da und hielt sich beide Hände vors Gesicht.

„Entsetzlich, einfach schauerlich", flüsterte wer, „bitte nicht weiter."

„Ich denke", sagte die Staatsanwältin, „ich sollte es mit diesen wenigen Sachverhaltsschilderungen bewenden lassen. Sie mögen genügen, Ihnen die Dimension des Unrechts aufzuzeigen, das wir hier aufzuarbeiten versuchen. Man geht in einigermaßen verlässlichen Schätzungen von mindestens zehn- bis fünfzehntausend Vergewaltigungsopfern aus, von denen zwei- bis dreitausend dabei zu Tode kamen. Inzwischen ist das alles weitgehend bekannt und nachlesbar. Unser Problem ist nicht die Tatsachenfeststellung als Anklagematerial, auch nicht die Bereitschaft vorhandener, wenn auch oft verängstigter oder sich bedroht fühlender Zeuginnen und Zeugen zur Aussage. Die haben wir. Die Schwierigkeit liegt in der Beweisführung."

In das Kopfschütteln einzelner Hörerinnen ließ die Staatsanwältin nun einen präzisen Einblick in die Beweisprobleme im angloamerikanischen Parteiverfahren folgen, das dieses Gericht überwiegend praktiziere.

Das Gericht sehe es dabei, anders als nach dem Grundsatz der Wahrheitsermittlung von Amts wegen im deutschen Strafprozess, nicht als seine Aufgabe an, von sich aus die Wahrheit zu erforschen und dazu erforderliche Beweisbeschlüsse zu erlassen. Welche Tatsachen und Beweise überhaupt und wann auf den Richtertisch kämen, sei vielmehr vorrangig Sache der Parteien, also der Anklage und der Verteidigung.

„Und bedenken Sie bitte: Strafrechtliche Bedeutung gewinnt auch das widerwärtigste, unmenschlichste Tun oder Unterlassen erst und nur dann, wenn es in der Beweisaufnahme zur hinreichenden Überzeugung des Gerichts einem einzelnen Täter nachgewiesen werden kann, nicht vorher." Bis dahin sei es leider strafrechtlich unbeachtlich und nicht erfassbar.

Im Raum war es still. Stiller jedenfalls als in so mancher Vorlesung Hardtfelds. Und während diese den Schilderungen der Staatsanwältin lauschende Stille zuvor durch Aufstöhnen unterbrochen worden war, geschah das nun durch einen hörbar ausgeatmeten Seufzer enttäuschten Bedauerns: „Tja ..."

„Und", setzte die Frau in ihrer Mitte fort, „je höherrangig ein Angeklagter nicht selbst als unmittelbarer Täter agiert, sondern als mittelbarer Täter und militärischer oder politischer Befehlsgeber fungiert, umso schwieriger kann sich der Nachweis der Tatherrschaft und des individuellen oder jedenfalls individualisierbaren Tatbeitrags eines solchen Täters und ein entsprechender individueller Schuldvorwurf gestalten."

Hier nun – und sie, die während ihres ganzen bisherigen Vortrags schon kerzengerade dagesessen hatte, schien sich noch ein wenig weiter aufzurichten, als sie Hardtfeld ansah und fortfuhr –, hier habe sich seit Kurzem eine Entwicklung vollzogen, an der sie selbst nicht ganz unbeteiligt sei. Um nämlich den erforderlichen Zurechnungszusammenhang zwischen dem Verhalten eines verantwortlichen Kommandeurs oder politischen Entscheidungsträgers und der Vergewaltigungstat eines einzelnen Soldaten herzustellen, habe die Anklage eine neue Rechtsfigur herangezogen, die erfreulicherweise vom Gericht akzeptiert worden sei: *joint criminal enterprise*. Zu Deutsch: gemeinsames verbrecherisches Unternehmen. Dabei habe man auch auf gewisse Überlegungen zur mittelbaren Täterschaft im deutschen Strafrecht zurückgegriffen, die zu plausiblen Begründungen für die Bestrafung verschiedenartiger Tatbeteiligter als Täter beitragen können.

Mit dieser Begründung hätten deutsche Gerichte zum Beispiel ehemalige Politiker und Mitglieder des Nationalen Verteidigungsrats der DDR in den Mauerschützenprozessen wegen der Schüsse auf Flüchtlinge als zwar mittelbare Täter, jedenfalls aber als Täter, und nicht etwa nur Anstifter oder Gehilfen verurteilt. Obwohl diese Herren in der Regierung und im Politbüro natürlich nicht selbst auf die Flüchtlinge an der Mauer geschossen hätten, sondern die Grenzsoldaten hätten schießen lassen.

Die Staatsanwältin schwieg erneut, sah sich um, sah die schweigend und eifrig schreibend über Papiere gebeugten Studenten, sah wieder zu Hardtfeld hinüber, sah auch ihn schreiben, einige schnelle Stichworte festhalten? Sah ich sie lächeln? Wenn ja, keinesfalls Zähne zeigend. Wenn ich mich überhaupt an eine einem Lächeln ähnliche Regung ihres Gesichts erinnere, dann mischte sich dies mit einem Ausdruck skeptischer Resignation.

Diese Rechtsfigur, sie streifte den Jackenärmeln vom Handgelenk, an dem wieder die winzige Uhr aufblitzte, sei allerdings nicht ganz so neu, wie in der Diskussion behauptet. Die Lehre von der Tatherrschaft in organisatorischen Machtapparaten sei ein vergleichbarer, ihrer Ansicht nach sogar besserer, weil präziserer Ansatz, um die Strafbarkeit eines militärischen oder politischen Befehlsgebers als Täter zu begründen, als die Lehre von der Vorgesetztenverantwortlichkeit im angloamerikanischen Strafrecht, die sogenannte *command responsibility*.

„Ich darf doch annehmen", fragte sie freundlich in die Runde, „dass die Grundzüge dieser Tatherrschaftslehre Ihnen als fortgeschrittenen, gut vorbereiteten Semestern, wie ich einigen Ihrer Ausarbeitungen beiläufig entnehmen konnte, geläufig sind? Oder zumindest vom Hörensagen bekannt?" Jetzt schien sie doch zu lächeln und hob die Hand.

Aber. Das große Aber sei die Beweisführung. Das Tatopfer der Vergewaltigung müsse als Zeugin nicht nur den konkreten Tathergang widerspruchsfrei und für den Richter überzeugend darlegen können. Vielmehr müsse auch die objektive Existenz eines gemeinsamen Verbrechensplanes nachgewiesen werden, dem z. B. die Lager dienen sollten, in denen die

Vergewaltigungen stattfanden. Dazu das Bewusstsein und der Wille der Tatbeteiligten, durch ihr Verhalten, jeder an seinem Platz, zum Erfolg dieses gemeinsamen verbrecherischen Planes beizutragen. Leider scheiterten Beweisanträge der Anklage trotz erdrückender Tatsachenlage nicht selten an diesen Anforderungen.

Heute, und damit wolle sie nun zum zweiten Teil ihrer Einführung überleiten, werde eine Zeugin der Anklage im Kreuzverhör vernommen, von der sie nach längerem Vorbereitungsgespräch hoffe, dass sie trotz ihrer schweren seelischen Belastung als Tatopfer mit ihrer Aussage durchhalten werde und zum Erfolg der Anklage beitragen könne.

Dann kam die Überraschung. Immerhin war, was jetzt für alle so unerwartet lehrreich folgen sollte, schon als Möglichkeit angesprochen worden, falls die Zeit reichen sollte. Und das war nach diesem konzentrierten Überblick der Staatsanwältin der Fall.

Diese stand auf, strich ihre Jacke glatt, die schon tadellos saß, sah in die Runde und sagte:

„Lassen Sie uns jetzt den Versuch machen, im Rollenspiel einen ersten Eindruck von den Problemen mit der Praxis einer uns ungewohnten Verfahrensordnung zu gewinnen. Dafür sollte die Zeit reichen. Wir haben noch fast eine halbe Stunde. Machen wir also einen Sprung. Von der grauen Theorie, mit der ich Sie hoffentlich nicht gelangweilt habe, in die Praxis. Wechseln wir die Rollen, um Ihnen das Gesagte und die Schwierigkeiten der Beweisaufnahme zu veranschaulichen. Nur Mut. Ich werde bei Bedarf als Souffleuse oder, sagen wir besser, als informelle, außerprozessuale Beraterin und Informantin der Prozessparteien und Beteiligten fungieren. Wer übernimmt die Rolle der Zeugin?"

Sie sah Lea Leineweber an. Die nickte. „Und wer ist der Angeklagte? Wollen Sie das vielleicht machen?" Sie winkte Bauermann herbei und überging dessen Einwand „Ich weiß nicht recht ..." mit der knappen Feststellung: „Sie können das. Nehmen Sie sich noch einen Verteidiger. In unserem Prozess, den Sie nachher besuchen werden, verteidigt sich der Angeklagte selbst. Das ist von der Prozessordnung nicht vorgesehen. Doch das Gericht hat sich leider darauf eingelassen. Es ist ohnehin Fiktion. Denn dieser Angeklagte, der immer noch ein Machthaber ist – vor Kurzem kamen zwei unserer wichtigsten Zeugen in Serbien unter ungeklärten Umständen ums Leben –, stützt sich auf ein Team von rund 200 gut bezahlten Beratern im Hintergrund."

Und so ging es weiter. Die Dame machte, jedenfalls bei der Besetzung der Rollen der Prozessbeteiligten, kurzen Prozess. Als Verteidiger wählte sich Bauermann (wen wunderte es) seinen Freund Jäger, doch der sollte nur als Berater im Hintergrund seine Rolle spielen. Denn im Prozess (wir wissen es bereits) verteidigte dieser Angeklagte sich selbst. Zur Vertreterin der Anklage wurde Barba Steinhardt bestimmt. Auch für die Rolle des Richters fand sich wer.

Wer war es gleich noch? Der Name ist mir entfallen, tut aber auch nichts zur Sache, denn die Rolle des Vorsitzenden Richters bestand, wie sich alsbald herausstellen sollte, im Wesentlichen darin, den Prozessparteien gleichgültig, um nicht zu sagen gelangweilt zuzuhören und Parteianträgen kommentarlos zuzustimmen. Oder sie abzulehnen.

Sie winkte die eben ernannten Beteiligten zu sich und gab erste Anweisungen und Sachdarstellungen. Die Sitzung als überraschend improvisiertes Rollenspiel konnte beginnen.

„Frau Zeugin", nahm die Anklagevertreterin Steinhardt unter Weglassung aller weiteren Vorreden das Wort, „schildern Sie bitte dem Gericht den Tathergang, wie Sie ihn erlebten."

Hier griff die Staatsanwältin erstmals ein und raunte der Zeugin Leineweber die näheren Tatumstände zu. Die erhob sich daraufhin, wandte sich dem Richter zu und sagte:

„Wir wurden von serbischen Soldaten gezwungen, unsere Wohnung zu verlassen und einen Lastwagen zu besteigen ..."

„Eine Frage, Herr Vorsitzender."

Der Richter nickte: „Fragen Sie."

„Frau Zeugin", fragte Bauermann, „Sie sprechen von serbischen Soldaten. Woher wollen Sie wissen, dass es serbische Soldaten waren?"

Leineweber antwortete nach ausführlich vorgeflüsterter Information durch die Staatsanwältin:

„Das wussten alle in unserem Dorf. Es waren fremde Soldaten, sie sprachen Serbisch, waren bewaffnet und trugen Uniform. Sie zwangen uns mit Schlägen und Stößen und vorgehaltenen Pistolen und Maschinenpistolen, unsere Häuser zu verlassen und auf den Lastwagen zu steigen."

Nach weiterem, diskretem Zwiegespräch mit der Staatsanwältin fuhr die Zeugin fort:

„Weil meine Nachbarin Maida sich weigerte, wurde sie vor ihrem Haus erschossen. Wir alle hatten große Angst und stiegen ein. Der Lastwagen fuhr mit uns ...", sie zögerte, beugte sich zur Staatsanwältin hinüber, nickte mit gesenktem Kopf, ohne aufzusehen, „... der Lastwagen fuhr mit uns zur Schule. Wir Frauen mussten dort aussteigen. Der Lastwagen fuhr mit unseren Männern und Söhnen weiter. Ich weiß nicht, wohin sie ... ich habe meinen Mann und die Kinder seitdem nicht mehr ..."

Bauermann und Jäger steckten die Köpfe zusammen.

„Eine Frage."

Der Richter nickte.

Das Spiel schien tatsächlich zu funktionieren und einen unerwarteten Sog zu entwickeln. Alle waren intensiv bei der Sache. War es überhaupt noch ein „Spiel"? Hardtfeld war überrascht. Hatte er nicht damit gerechnet? Eine gewisse anfängliche Skepsis, wir wollen es nicht leugnen, verflüchtigte sich.

„Frau Zeugin", fragte jetzt Jäger, „warum halten Sie das Gericht mit belanglosen Ausführungen über angebliche Lastwagenfahrten auf? War es nicht vielmehr so, dass Sie und andere Frauen freiwillig zu Ihrer eigenen Sicherheit während der Kriegshandlungen in die Schule ..."

„Einspruch", Steinhardt als Vertreterin der Anklage meldete sich zu Wort, „das ist eine unzulässige Suggestivfrage." Der Richter nickte zwar, sagte dann aber: „Frau Zeugin, kommen Sie zur Sache."

„Wir gingen in die Schule. Ich meine, sie zwangen uns, in die Schule zu gehen."

Die Zeugin Lea Leineweber und die Staatsanwältin berieten sich, und während die Staatsanwältin leise auf sie einsprach, schüttelte die Zeugin Leineweber den Kopf, schüttelte ihn mehrmals und bedeckte ihr Gesicht mit beiden Händen.

„Ich glaube, ich kann das nicht ...", sagte sie, richtete sich dann aber mit einem Ruck auf und fuhr mit ihrer Aussage fort:

„Im Klassenzimmer, in das sie mich brachten, waren Tische und Stühle in einer Ecke zusammengeschoben. Auf dem Boden lag ein Haufen Wolldecken und Matratzen. Im Zimmer waren mehrere Soldaten ..."

„Eine Frage."

Der Richter nickte. Bauermann fragte:

„Was für Soldaten sollen das gewesen sein?"

„Es waren serbische Soldaten, ich sagte es schon, die uns aus dem Haus geholt hatten." Die Zeugin Leineweber wurde ungeduldig.

„Frau Zeugin", Bauermann insistierte, „Sie haben meine Frage, woran Sie erkannt haben wollen, dass es serbische Soldaten waren, noch immer nicht beantwortet. Könnten es nicht genauso gut kroatische oder bosnische Soldaten gewesen sein?"

„Ich sagte doch schon, es waren fremde Soldaten, die unser Dorf überfallen hatten."

Die Zeugin Leineweber begann tatsächlich zum Erstaunen aller an diesem improvisierten Verfahren Beteiligten, sich nicht nur in eine Zeugin der Anklage, sondern auch in ein Tatopfer zu verwandeln. Und dabei die Fassung zu verlieren. Sie wurde laut. Und sie wurde hektisch: Rote Flecken überzogen ihr Gesicht. Sie begann zu stammeln.

„Sie ... sie sprachen Serbisch. Sie ... diese Soldaten trugen Uniform. Sie ... ich wehrte mich ... aber sie hielten mich fest. Als ich schrie, schlug mir einer ins Gesicht, da ..."

„Ich muss nochmal nachfragen", Bauermann wartete das Kopfnicken des Richters ab und fragte mit geradezu provozierend ruhiger Stimme weiter, „woran wollen Sie erkannt haben, dass es serbische Soldaten waren? Welche Uniform trugen diese von Ihnen so genannten serbischen Soldaten?"

„Sie trugen ... es waren, ich glaube, ja, es waren wohl ... olivgrüne Uniformen waren es. Einer oder vielleicht auch mehrere trugen nur Uniformjacken, dazu andere Hosen, einer von ihnen zog seinen Gürtel aus der Hose und holte damit aus, um mich zu schlagen, ich hob die Hände, ich wollte mich wehren, da ... da riss ein anderer mir das Kleid herunter, warf mich zu Boden und ... nein", schrie sie, „ich kann das nicht, ich kann nicht diese Zeugin sein, ich will nicht ..."

Schluchzte sie oder kam dieser eine, kurz aufheulende Schmerzenslaut, bevor er in leise wimmerndes Weinen überging, nur in meiner späteren Erinnerung hoch? Oder vermischt sich diese Erinnerung an das ungewöhnliche Rollenspiel mit dem bald darauf im Gerichtssaal folgenden tatsächlichen Verhandlungsablauf und der dort erlebten Zeugenvernehmung?

Die Staatsanwältin erhob sich: „Meine Damen und Herren, lassen wir es dabei bewenden. Ich danke Ihnen und nehme an, dass dieser kurze Einstieg ins potenzielle Prozessgeschehen mithilfe unseres kleinen Rollenspiels Ihnen genau die praktischen Probleme, um die es geht, anschaulich vor Augen geführt hat, vor allem die psychischen Belastungen unserer Zeuginnen, die mit ihren Aussagen immer wieder den Tathergang durchleben und durchleiden müssen."

Sie legte der Zeugin Leineweber, die sich noch für ihr Versagen, wie sie sagte, entschuldigen wollte, die Hand auf den Arm: „Sie brauchen sich nicht zu entschuldigen, Sie haben nicht versagt. Im Gegenteil, Sie haben völlig normal und wie so manche andere unserer Zeuginnen reagiert, nämlich als Frau, nicht, wie gewünscht, als Prozessteilnehmerin. Das Problem sind nicht Sie. Das Problem ist die Prozessordnung. Und leider sind es auch die Richter, oder genauer", sie machte eine kurze Pause, „das Rollenverständnis der Richter, zumal der überwiegend männlichen Richter. Das gilt nicht für alle. Manche sind durchaus verständnisvoll."

Sie wandte sich dem Richter aus dem Rollenspiel zu:

„Auch das kam, wie Sie soeben selbst erlebten, gewollt oder ungewollt gut heraus. Statt ein Mindestmaß von Empathie bei der Verhandlungsführung zu zeigen und im Bedarfsfall einzugreifen, um eine Zeugin in ihrer Aussagenot zu schützen, lässt die Mehrzahl der hiesigen Richter, von wenigen positiven Ausnahmen abgesehen, die Parteien, vor allem Angeklagte und deren Verteidiger, nach den Regeln des Prozessrechts die Vernehmungen einfach durchziehen. Ohne Rücksicht darauf, wie schwer es den Betroffenen fällt, den ganzen Schmerz und die Erniedrigung noch einmal in der Erinnerung zu durchleiden. Eine Zeugin sagte mir neulich, sie sei geradezu eifersüchtig auf ihre toten Freundinnen, denn die wiederkehrenden Bilder seien wie ein neuer Terror. „Sie", und dabei sah sie zu Bauermann hinüber, „Sie haben Ihre Sache gut gemacht. Ich kann nur hoffen, dass sich das heute Nachmittag im Verfahren nicht auch so oder so ähnlich abspielt, sondern dass meine Zeugin durchhält. Sie waren allesamt ein großartiges Team. Leider müssen wir hier abbrechen. Muss zur Sitzungsvorbereitung. Sehen uns noch." Und sie setzte, das Gesicht schon seitwärts zum Gehen gewandt, lächelnd hinzu: „Allerdings nur hinter der Glaswand."

Sie nahm ihren dünnen Aktendeckel auf, reichte Hardtfeld eine überraschend kühle, feste Hand, an die sich seine Hand auf der Laptoptastatur noch jetzt erinnert, strich sich mit schneller Handbewegung ein letztes Mal die Fransen der Haarkappe aus der Stirn, nickte in die Runde, wünschte ein weiterhin erfolgreiches Seminar, dankte für das Interesse und verließ den Raum, von zwei Mitarbeitern und einer bewaffneten Gerichtswachtmeisterin schon an der Tür erwartet.

Die Runde war sprachlos.

„Donnerwetter", murmelte Bauermann, „die Dame hat was aufm Kasten, das war ..."

„Ich hoffe", unterbrach ihn Lea Leineweber, „du denkst mal darüber nach. Wieso hast du mich nie in Ruhe ausreden lassen und auf Einzelheiten insistiert, bis ich am Ende die Nerven verlor?"

„Wieso? Ich hab' nur meine Fragerechte wahrgenommen. Außerdem: Zeugenverunsicherung, das ist Prozesstaktik. Hat doch funktioniert."

„Die Antwort sieht dir ähnlich."

„Was war denn eigentlich mit dir los, das Ganze war doch nur ein kleines Rollenspiel. Plötzlich bist du ausgerastet."

„Das verstehst du einfach nicht. Diese coole Staatsanwältin hatte mir vorgeflüstert, was ich sagen sollte, was die Kerle alles in diesem Schulhaus mit mir gemacht hatten. Das war so schrecklich, wenn ich das alles selbst erlebt hätte, ich weiß nicht, was ich dann ... mir war plötzlich zumute, als hätte ich es selbst erlebt. Ich weiß auch nicht, was mit mir los war, ich ..."

„Tut mir leid", sagte Bauermann, „tut mir echt leid." Sie umstanden die Zeugin, die keine Zeugin sein wollte, aber zur Zeugin geworden war, und schwiegen.

„Eins weiß ich jetzt", sagte sie leise, sah zu Boden und nickte vor sich hin: „Ich ahne, was die Zeuginnen, die selbst Opfer waren, im Verfahren und bei ihren Aussagen durchmachen. Wenn die dann noch vom Richter so im Stich gelassen und gegen unfaire Fragen der Verteidigung oder sogar des Angeklagten selbst überhaupt nicht in Schutz genommen werden ..."

Sie sah den enttäuscht an, der den Richter gespielt hatte. Der hob die Schultern, hob die geöffneten Hände, schwieg eine Weile, bevor er antwortete: „Ich habe getan, was die

Staatsanwältin gesagt hat, nichts weiter. So ist das eben. Prozesse sind Kämpfe, Kampf ums Recht. Hat das nicht irgendein bekannter Autor ...?"

„Schlimm genug. Ich hatte bis eben keine Ahnung, wie sich das anfühlt." Und nach einer erneuten Pause: „Ich habe wohl immer noch keine Ahnung, was in den Frauen wirklich vorgeht, die das alles selbst erlebt haben, worüber sie aussagen sollen."

Die folgende Schweigeminute dauerte so lange, bis der Verteidiger – oder war's vielmehr der, der den gleichgültigen Richter gespielt hatte – sagte: „Verrückte Sache, trotz allem, war 'ne eindrucksvolle Person, diese Staatsanwältin."

„Ich fand se eher cool", sagte Barba Steinhardt, „'n Tick zu cool."

Die Aufarbeitung, schlug Hardtfeld vor, solle man sich für später, vielleicht für den gemeinsamen Abend am Meer vornehmen. Wenn ihnen dann noch danach zumute sei.

Vor der Tür wartete schon ihre bewaffnete Eskorte, um sie zum Mittagessen mit dem Richter Grundberg über weitere endlose Gänge durch eine erneute Kontrolle in die ausschließlich dem Gerichtspersonal vorbehaltene Kantine zu geleiten.

Oder sollte ich statt Kantine besser Restaurant sagen? Die Speisekarte jedenfalls war ebenso bemerkenswert wie der optische Eindruck der hinter Glas appetitanregend zur Auswahl präsentierten Gerichte. Die Sprache im Raum war, trotz zweisprachiger Speisekarte auch in Französisch, durchweg Englisch, oft mit amerikanischem Akzent, aber auch in anderen, schwer verständlichen Varianten. Zwischen den großräumigen Glasvitrinen und an den weiß gedeckten Tischen auffällig viele junge Leute.

Der Richter war ein gedrungener Typ, das, was man in Bayern wohl „a gschtandnes Mannsbuid" nannte, das Herz auf dem rechten Fleck und mit einem scharfen Verstand, der keinem Konflikt aus dem Wege ging. Hardtfeld war froh, aus dem lachenden Händedruck des Mannes mit heiler Hand herauszukommen. Mit seiner voluminösen Stimme konnte dieser Richter, wie sich leicht vorstellen ließ, mühelos große Räume ebenso wie kleinere Beratungszimmer füllen. Seine lautstarken Auseinandersetzungen mit aus seiner Sicht uneinsichtigen Richtern aus dem angloamerikanischen Rechtsraum, denen es ebenfalls nicht an Selbstbewusstsein, gelegentlich aber an Prozesspraxis fehlte, waren legendär. Er betrachte diese gelegentlichen Meinungsverschiedenheiten, wie er Hardtfeld erklärte, als der ihn darauf ansprach, durchaus als ehrenvoll. Schließlich gehe es um die Wahrheitsfindung und nicht darum, mit einem Antrag im Prozess zu siegen.

Da der Richter bald in die nächste Sitzung musste, blieb von der angesetzten Diskussionsstunde nur dieses gemeinsame Arbeitsessen. „So sorry", zumal er Diskussionen mit Studierenden hoch schätze. Aber dieses Richteramt, sofern man es ernst nehme, fresse mehr als jedes andere hohe Amt, das er bisher habe versehen dürfen, buchstäblich den ganzen Menschen. Sonn- und Feiertage und einen Teil der Nacht regelmäßig eingeschlossen. Aber das sei ihm und für Deutschland die Sache wert. Nach den bekannten historischen Erfahrungen und der deutschen Rolle vor dem Nürnberger Tribunal vor einem halben Jahrhundert nun an diesem Strafgerichtshof der UN als deutscher Richter mitzuwirken, das sei schon eine besondere Auszeichnung – und Herausforderung.

Die Teilnehmer aßen und schwiegen ehrfürchtig. Nur Bauermann wagte, während der Richter sein Steak traktierte, eine Frage:

„Wie sind Sie eigentlich an dieses Amt gekommen?"

Der Richter lachte. „Gute Frage", nahm einen Schluck Schorle (hätte gern hierzu, wie er sagte, ein gutes Glas Rotwein gehabt, aber leider unmöglich, mittags vollkommen unmöglich), sprach dann von internationalen persönlichen und auch politischen Beziehungen und erläuterte die informellen und formalen Wege zur Kandidatur bis hin zur Wahl durch die UN. Gegen die vielen Kritiker und die Frage nach der Legitimation sei gesagt, eine breitere Legitimationsbasis könne es doch kaum geben als die Wahl durch die UN-Vollversammlung.

Und was den Konfliktraum des Balkans angehe, weswegen sie hier säßen, so bleibe doch entgegen aller Kritik, immer wieder auch aus den Tatortstaaten, zu fragen:

„Was wäre denn geschehen, und wie wäre es denn ohne uns und ohne dieses Gericht im ehemaligen Jugoslawien und anderen bekannten Konfliktregionen wie in Afrika weitergegangen, wenn wir nicht wenigstens einige der hauptverantwortlichen Politiker und Militärs für die begangenen Kriegsverbrechen strafrechtlich zur Verantwortung gezogen und verurteilt hätten?" Und seine Stimme legte an Lautstärke zu, sodass einzelne Köpfe an Nachbartischen sich zu ihnen umdrehten und, nachdem man den Redner erkannt hatte, wieder zurückdrehten: „Hätte man denn diese Kriegsverbrecher und ihre politischen Hintermänner einfach ungestraft weitermachen lassen sollen? Womöglich wären sie immer noch an der Macht?"

Er hielt inne und schob einen Bissen nach. Für die anschließende, in fast versöhnlicher Lautstärke vorgetragene

Frage „Selbst wenn es am Ende nicht zu einer Verurteilung kam, ist doch wohl nicht zu bestreiten, dass die vielen Anhörungen von Opfern, Angehörigen und Überlebenden vor diesem Gericht schon eine friedenstiftende Wirkung gehabt haben, oder?" erhielt er zustimmendes Kopfnicken der Seminarteilnehmer, besonders der beiden Referentinnen.

„Kommen Sie", er zog Hardtfeld vom Sitz hoch, „sehen wir, was die Küche uns heute für Nachtisch anbietet. Ich weiß, ich sollte mich zurückhalten. Aber ich lege mir schon in den Sitzungen zu viel Zurückhaltung auf. Ganz zu schweigen von den Beratungen." Und sein Lachen wirkte ansteckend auf die hilfsbereiten dunkelhäutigen Damen unter weißen Holländerhauben hinter Glas.

Über Tiramisu, Birnenkompott mit Mandelsplittern und Sahnehäubchen, dazu einem großen Cappuccino mit Biskuit, wandte er sich erst Hardtfeld, dann den Studenten zu:

„Wir Richter sind keine politischen Träumer. Die meisten, die hier arbeiten und eine Ahnung vom Balkan haben, das gilt leider längst nicht für alle, wissen doch, was hier los ist und wie unsicher der Friede in dieser Region immer noch ist. Aber dennoch", und seine Stimme nahm einen sanften, fast bittenden Ausdruck an, „dennoch dürfen wir doch wohl für uns in Anspruch nehmen, durch Wahrheitsfindung und Gerechtigkeitssuche in unseren Verfahren dem Frieden wenigstens ein Stück nähergekommen zu sein. Allerdings ..."

Ein Mitarbeiter der Strafkammer trat an den Tisch, stellte sich mit knapper Verbeugung und unverständlichem Namen vor und erinnerte Judge Grundberg über dessen Schulter hinweg an den nächsten Termin. Der Richter nahm den letzten Löffel Dessert und stand auf:

„Allerdings, lassen Sie mich das zum Schluss noch sagen, Prozessordnung und Verhandlungspraxis dieses Gerichts machen uns, den kontinentaleuropäischen Richtern, die Wahrheitssuche nicht leicht. Der Zynismus, ich muss das so deutlich sagen, auch wenn es Ihre jungen Studierenden vielleicht erstaunt", er wandte sich Hardtfeld zu, der ebenfalls aufgestanden war, dann der Tischrunde, „der Zynismus des angloamerikanischen Systems, in dem es in erster Linie um den angestrebten Prozesserfolg geht und die Wahrheitssuche eher als Idealismus betrachtet wird, ist bedauerlich. Immer wieder hören wir von Tatopfern und Zeugen die Frage, warum bestimmte Leute gar nicht oder nur wegen einzelner Taten angeklagt werden, obwohl jeder dort weiß, dass sie noch ganz andere, wesentlich schwerere Taten begangen haben. Informelle Absprachen zwischen Anklage und Verteidigung lassen vieles vom Tatgeschehen vor Anklageerhebung oder selbst danach noch einfach unter den Tisch fallen. Vieles wird dem Richter daher gar nicht bekannt. Und der Strafrichter sieht es in solchen Fällen auch gar nicht als seine Aufgabe an, von sich aus das wahre Geschehen zu ermitteln, wenn Anklage und Verteidigung keine entsprechenden Anträge stellen. Sorry, ich muss gehen. Sie sehen ja, was hier los ist."

Und er verabschiedete sich wieder mit zupackendem Händedruck, und dem Versprechen, während seines nächsten Kurzbesuchs in Berlin in Hardtfelds Seminar zu referieren. Das fand tischklopfenden Beifall, und weg war er.

Sie wurden einer erneuten strengen Sicherheitskontrolle unterzogen, ihre Besucherausweise mit vorliegenden Listen abgeglichen, Taschen geöffnet, Kleidung abgetastet. „Once more: No photographing, Sir. Please no photos at all! And silence please! Thank you." Dann traten sie an Sicherheitskräften vorbei durch eine schwere schallschluckende, offensichtlich auch schussichere Doppeltür ins gedämpfte Licht des Sitzungsraums, das heißt, nicht des Sitzungsraums, sondern des Zuschauerraums.

„Is' ja wie im Kino." Welchem seiner Teilnehmer auch immer diese tonlose Bemerkung entfahren sein mochte, sie traf zu. Die nach hinten ansteigenden Sitzreihen mit, wie sich gleich herausstellte, bequemen Klappsesseln und die Beleuchtung aus gedämpftem oder nur gedämpft erscheinendem Licht im Zuschauerraum gegenüber einem hell erleuchteten erhöhten Bühnenraum für die Akteure riefen auch bei Hardtfeld den Eindruck eines Kino- oder Theatersaals hervor.

Etwas allerdings war anders, auf so befremdliche Weise anders als in jedem Kino oder Theater, dass alle, auch Hardtfeld, nachdem sie begriffen, nicht begriffen, sondern mit den Augen erfasst hatten, was eigentlich anders war, einen Augenblick stehen blieben, bevor sie zögernd ihre Plätze aufsuchten: die Glaswand. Es war diese massive, bis an die Decke reichende, in große Metallrahmen gefasste Glaswand aus schussicherem Panzerglas, die den Zuschauerraum in seiner vollen Breite vom jenseitigen Verhandlungsraum des Gerichts trennte.

Die Wand! – schoss es Hardtfeld durch den Kopf. Hier war sie, diese unsichtbare, undurchdringliche Wand, deren unheimliche Geschichte aus einer Gebirgswelt vor der Wand hinter der Wand er vor Jahren in einer Nacht gelesen und die ihn bis in spätere Träume verfolgt hatte. Diese Glaswand hier trennte nicht nur den Raum, sondern auch die Luft, ihre Atemluft, das Raumklima und alle Geräusche – bis auf den zarten Summton einer Klimaanlage. Trennte sie auch die Zeit? In eine Zeit vor und eine neue Zeit nach diesem und den anderen Prozessen vor diesem Gericht hinter dieser Wand? Oder waren das juristische Wunschträume angesichts weltweit weiterhin mörderischer Wirklichkeiten und ihrer unbelehrbaren Hintermänner, Mittäter und Mitläufer im Namen eines Rechts auf Gewalt? Hardtfeld setzte sich. Seine Augen brauchten Zeit, sich an das neue Licht zu gewöhnen.

Das Geschehen im Gerichtsraum hinter der Glaswand spielte sich vor ihnen geräuschlos ab. Münder bewegten sich stumm auf und zu, eine Handbewegung des Staatsanwalts, die offenbar einer akustischen Äußerung Gewicht geben sollte, blieb in der Stille stecken.

Der Eindruck einer Theateraufführung, einer stummen Pantomime, wurde verstärkt durch Beleuchtung und Kostümierung. Der Vorsitzende Richter in Tischmitte, die beiden Beisitzer zu seinen Seiten, der Staatsanwalt und seine hinter ihm im Halbschatten sitzende Mitarbeiterin – War das nicht ...? Doch, das musste ihre Gesprächspartnerin aus der Vormittagsdiskussion sein, und sie war es auch. Die Staatsanwältin wirkte in dieser Bühnenbeleuchtung, dazu in dunklem Gewand, noch blasser als in der Diskussion. Den schwarzen Stein am Ohr, an dem Hardtfeld sie sofort zweifelsfrei erkannt hätte, hatte sie abgelegt. Doch sie war es unverkennbar –, alle trugen dunkle Roben.

Sie nahmen sprachlos, allenfalls flüsternd ihre Plätze ein. Der absurde Gedanke, der Hardtfeld durch den Kopf ging, einmal, nur einmal kurz an die Glaswand zu treten und die flache Hand auf die gewaltige glatte Glasoberfläche zu legen, deren Gewicht sich ahnen ließ, wurde sofort verscheucht durch die durchdringenden Blicke der beiden Wachhabenden, die links und rechts vor dem verglasten Gerichtsraum in Habachtstellung saßen, eine schwarze Handschuhhand in

Abzugsnähe locker über dem in den Zuschauerraum und auch auf Hardtfeld weisenden Lauf der Maschinenpistole gelegt. Außerdem hätte zuvor das Geländer vor der Glaswand überstiegen werden und jeder derartige Versuch daher in sofortige Lebensgefahr, zumindest in Verletzungsgefahr, auf jeden Fall zu unerhörten Verwicklungen führen müssen.

Sobald sie sich die Kopfhörer übergestülpt hatten, konnten sie der stummen Gerichtspantomime akustisch hinter die Glaswand folgen, wahlweise im serbischen und bosnischen Original und in englischer Übersetzung, vermittelt durch monotone Dolmetscherstimmen.

Seitlich vom Richtertisch war der Platz mit Mikrofon und Stuhl für den Angeklagten. Der betrat jetzt den Gerichtssaal. Ein großgewachsener Mann mit hoher Stirn, in tadellos sitzendem, dunkelblauem Maßanzug, rotblauweiß gemusterter Krawatte und schwarzen Schuhen, von zwei Gerichtswachtmeistern flankiert, nickte dem Gericht im Vorbeigehen kurz und eher verächtlich als respektvoll zu, stieß mit der Fußspitze den Stuhl zurecht, warf einen dünnen Aktendeckel auf den Tisch, setzte sich, schlug ein Bein übers andere, ließ dabei blaurote Socken sehen, lehnte sich im Sitz zurück, nahm, während die Gerichtswachtmeister in den Hintergrund traten, den Aktendeckel zur Hand, warf einen kurzen Blick hinein, warf den Deckel auf den Tisch zurück, warf den Kopf in den Nacken und blieb in dieser Haltung (Hardtfeld hat sie in seinem späteren Bericht, wie wir finden, treffend als „hochfahrend" beschrieben) bewegungslos so sitzen.

Das Verfahren war, wie die Staatsanwältin ihnen erläutert hatte, bereits in die Beweisaufnahme eingetreten. Die endlosen Debatten über fehlende Zuständigkeit des Gerichts oder völlige Unzulässigkeit des Verfahrens, die tagelange Verlesung der Anklageschrift samt Anträgen und Gegenanträgen der Verteidigung, vorgetragen vom Angeklagten allein, auch die üblichen Besetzungsrügen und Befangenheitsanträge (Beispiel: „Wie kann ein Richter aus Nazi-Deutschland gegenüber einem serbischen Präsidenten unbefangen sein?") waren erledigt, man kam tatsächlich zur Sache, das heißt, wie gesagt, zum Beweisverfahren und zur Zeugenvernehmung.

Die Spannung stieg. Sie stieg nicht nur bei Prozessbeobachtern und der internationalen Presse, sondern auch bei den Seminarteilnehmern und bei Hardtfeld.

Wie würde dieser Mann vor ihnen im Licht hinter der Glaswand, der vom Bankdirektor über den Parteichef der Kommunisten, später der Sozialisten Serbiens bis zum Staatspräsidenten Jugoslawiens aufgestiegen und damit Oberbefehlshaber der nach der Roten Armee und der türkischen Armee drittgrößten Armee im Osten Europas geworden war, wie würde der sich vor der Weltöffentlichkeit und diesem Gericht verteidigen? Immerhin hatten er und seine Regierung und Militärführung inzwischen Zehntausende, wenn nicht schon bald an die Hunderttausend Menschenleben auf dem Gewissen. Und die Zeitungen in Kroatien und Bosnien nannten ihn „Henker des Balkans".

Was seine eigenen Landsleute in Belgrad und andernorts nicht davon abhielt, in ihm einen Helden und Verteidiger ihrer christlichen serbischen Heimat und Freiheit gegen einen verständnislosen, westlichen Imperialismus, vor allem aber gegen die neue Bedrohung durch einen mörderischen Islam zu feiern.

Nun saß dieser Mann – wie Hardtfeld einräumen musste, immer noch eine eindrucksvolle, wenn auch inzwischen weißhaarige Erscheinung (oder vielleicht eindrucksvoll, gerade weil weißhaarig?) – vor ihnen hinter dieser durchsichtigen Wand in einer anderen Welt. Saß da in tadellos sitzendem Anzug neuesten Zuschnitts, die Beine übereinandergeschlagen, saß erhobenen Hauptes, den linken Ellenbogen auf den Tisch gestützt, und blickte durch die Glaswand durch die im Besucherraum sitzenden Zuschauer auch durch Hardtfeld hindurch hinaus. Wohin blickte er?

Sah er sich auf einem Podium und vor einer unübersehbaren Menschenmenge hinter der Glaswand in einer weiten, leeren Vorgebirgslandschaft stehen? Hörte sich sagen, nicht sagen, vielmehr lautstark und immer wieder von Beifall, Jubelschreien, Hüte, Mützen, Fäuste, auch Waffen schwingenden Zurufen, auch vereinzelten Luftschüssen unterbrochen, mit weittragender Stimme (wie er sie bis dahin von sich selbst nicht gekannt hatte) sagen, nicht sagen, vielmehr rufen, ausrufen:

„Freunde! Genossen!
Die gesellschaftlichen Umstände haben dazu geführt, dass dieser große 600. Jahrestag der Kosovo-Schlacht in einem Jahr stattfindet, in dem Serbien nach vielen Jahren und Jahrzehnten seine staatliche, nationale und spirituelle Integrität wiedererlangt hat!"

(Bravorufe. „Ja, so ist es! Kosovo ist Serbien! Es lebe Serbien!")

„Durch den Verlauf der Geschichte und des Lebens scheint es, dass Serbien genau in diesem Jahr 1989 seine Staatlichkeit und seine Würde wiedererhalten hat und daher ein Ereignis

der fernen Vergangenheit feiert, das eine große historische und symbolische Bedeutung für seine Zukunft besitzt."

(Rufe: „Zukunft! Serbien ist unsere Zukunft! Die Zukunft gehört Serbien!")

„Unter der Last des Schmerzes und erfüllt mit Hoffnung pflegte das Volk, sich zu erinnern und zu vergessen, wie es alle Völker der Welt tun, und es war beschämt durch den Verrat und verehrte das Heldentum."

Hört er auch wieder die neuen Zwischenrufe? – „Unsere Helden! Tod den Verrätern!"
(Ich weiß, dass er sie hört. Wer sie, wie er, einmal gehört hat, vergisst sie nicht und hört sie immer wieder. Hardtfeld im Zuschauerraum kann diese Rufe nicht wieder hören, da er sie nie gehört hat. Ist nicht er, Hardtfeld, es also, der mit seinen Studenten hinter der Glaswand sitzt und sitzen bleibt, während dieser Mann im dunklen Anzug mit der Krawatte in den Nationalfarben seines Landes in Wirklichkeit und in der Geschichte vor dieser Glaswand sitzt?)

„Die fehlende Einheit und der Verrat im Kosovo sollten das serbische Volk wie ein grausames Schicksal durch seine gesamte Geschichte verfolgen. Deshalb ist kein Ort in Serbien besser geeignet als das Amselfeld, um zu sagen, dass Einheit in Serbien dem serbischen Volk in Serbien und jedem seiner Bürger Wohlstand bringen wird, unabhängig von seiner nationalen oder religiösen Zugehörigkeit. Mit Einigkeit, Zusammenarbeit und echtem Willen werden wir darin erfolgreich sein. Daher ist der Optimismus ..."

Optimismus? Hatte er, Slobodan, den seine Leute zärtlich „Slobo" nannten, eben Optimismus gesagt? Hardtfeld sah, wie sich der Angeklagte einmal kurz mit der Hand über die Stirn wischte. Hatte er tatsächlich gesagt: „Große und symbolische Bedeutung für die Zukunft des serbischen Volkes?" Seines Volkes? Das zu neuer Einigkeit und Größe zu führen seine Aufgabe, an der ihn dieses erbärmliche Gericht hindern wollte, das sich eine Zuständigkeit anmaßte, die ihm nicht zustand, niemals zustehen würde?

Er setzte sich mit einem Ruck aufrecht. Dieser Verräter Djindjitsch, der es gewagt hatte, ihn, den wahren Präsidenten Serbiens und aller Serben, an dieses Gericht und dieser Farce eines Prozesses auszuliefern, hatte dafür bezahlt. Andere Verräter würden das Gleiche erfahren.

Ob Hardtfeld angesichts des Angeklagten, der sich soeben mit einem Ruck aufrecht gesetzt hatte – woraufhin einige Zuschauer, die sich zuvor in den Sesseln lässig hatten hängen lassen, ebenfalls eine aufrechtere Sitzhaltung einnahmen –, das Ende des ersten nichtsozialistischen, demokratisch gewählten Gegners dieses Angeklagten durch Schüsse eines Scharfschützen im Hof des Belgrader Regierungssitzes und der rätselhafte Tod zweier Kronzeugen der Anklage durch den Kopf gingen, weiß ich nicht. Der naheliegende Gedanke an die folgenreiche Kriegsrede dieses Angeklagten auf dem Amselfeld, die er vor einigen Tagen noch einmal gelesen hatte, um sich zu vergegenwärtigen, wes Geistes Kind dieser Mann war – an dessen Sarg der spätere Nobelpreisträger Peter Handke vom Glück sprach, diesem Toten nahe zu sein –, war allerdings nicht nur Hardtfeld gekommen.

Hatte die nuschelnde Stimme des dicklichen Gerichtsvorsitzenden mit dem whiskyroten Gesicht (klingt nach Klischee, ist es aber nicht, vielmehr erinnert Hardtfeld sich noch heute an den auffälligen Kontrast des geröteten Gesichts dieses britischen Richters zu dessen weißen Haaren) gefragt, ihn, den Angeklagten, gefragt, ob noch Fragen zur Person der eben hereingeführten Zeugin seien, zu dieser plötzlichen stummen Reaktion des Angeklagten geführt? Oder war ihm mit der Erinnerung an seine Rede seine jetzige Lage schmerzhaft zu Bewusstsein gekommen? Wie dem auch sei, der Angeklagte schien jedenfalls entschlossen, es allen zu zeigen. Und das tat er. Doch nicht nur er.

Wenn Körpersprache etwas besagte, dann war die Zeugin, die jetzt hereingeführt wurde, trotz des Vorbereitungsgesprächs mit der Staatsanwältin, von dem diese ihnen am Vormittag berichtet hatte, in einer bedauernswerten, geradezu erschütternden Verfassung.

Sie, nennen wir sie hier Almedina F., war von einer Wachtmeisterin am Arm behutsam in den Sitzungssaal und zum Zeugenstand geleitet worden. Sie ging leicht vornübergebeugt und setzte so vorsichtig einen Schritt vor den anderen, als trage sie etwas Zerbrechliches vor sich her. Oder als sei sie selbst das Zerbrechliche. Oder vielmehr, als sei in ihrem Inneren schon etwas zerbrochen, als sei sie selbst das, nein, die Zerbrochene.

Man sah von ihr nichts als das große schwarze Tuch, oder waren es mehrere Tücher, die ihre ganze zierliche Gestalt von Kopf bis Fuß faltenreich umhüllten. Auch die Schuhspitze, die bei dem ein oder anderen kleinen Schritt, wenn er etwas größer ausgefallen war, ein wenig hervortrat, war schwarz. Ob die Haare es ebenfalls waren, blieb unter dem eng anliegenden schwarzen Kopftuch über dem Halstuch unsichtbar. Unsichtbar blieben ihre tief in dunklen Augenhöhlen liegenden Augen. Nur das Oval des Gesichts war weiß, von einem leuchtenden Weiß, das unter den Deckenstrahlern des Gerichtssaals noch greller schien. Weiß waren auch ihre knochigen Hände, deren eine das ums Handgelenk gewickelte Ende des Tuchs an sich gerafft hielt. So stand sie und stützte sich mit der anderen Hand auf den Rand des Zeugentisches.

Der Tod, dachte Hardtfeld, die Darstellung des Todes muss nicht männlich sein. Weiblich erschien sie viel rigoroser. Und eine Sense, wie sie ihm die mittelalterlichen Maler in die Hand gaben, braucht er auch nicht. Was da in diesem Sitzungssaal und nur durch eine Glaswand getrennt, also für die Augen nicht getrennt, vor ihm stand, war ein Bild des Todes. Das Bild traf ihn. Es war der Tod. Es war die Todin. Und während er das dachte, verbot er sich solche Gedanken, dachte, du darfst das nicht denken. Nicht vor diesem Gericht und nicht vor dieser Glaswand, hinter der es um Gerechtigkeit für die Lebenden und Überlebenden, für uns alle geht, und nicht nur für die Toten. Und er dachte es doch und wandte den Blick ab von dieser Gestalt vor ihm und sah wieder hin. Versuchte, Abstand zu gewinnen, doch es gelang nicht.

Dass sie dasteht, dachte er. (Und wir geben ihm Recht.) Dass diese offensichtlich geschundene und gebrochene Frau lebend hinter dieser Glaswand vor diesem Gericht und diesem Angeklagten gegenüberstehen oder -sitzen kann, und ich und meine Studenten und alle anderen Zuschauer in diesem Raum und an den Bildschirmen aller Welt sie hier lebend stehen sehen und aussagen hören können – ist das nicht schon, egal wie diese Beweisaufnahme im Einzelnen noch verlaufen und dieses Verfahren ausgehen mag, ein Schritt auf dem Wege zur Gerechtigkeit, von der heute Mittag dieser Richter lautstark und überzeugend in der Kantine sprach?

Da ihr kein Sitzplatz angeboten wurde, blieb die Zeugin Almedina F. stehen, bis der Staatsanwalt, nach Einflüsterung durch seine Mitarbeiterin, den Richter darauf ansprach, und der mit der Hand winkte, sie möge sich setzen. Als sie sich setzte und bei dieser langsamen Seitwärtsbewegung, wie sie junge Frauen gern mit flottem Hüftschwung machen, ihr Umhangtuch enger an sich zog, wurde man gewahr, dass sie nicht nur zierlich, sondern mager, wie man in solchen Fällen leichthin sagt, nur noch Haut und Knochen war. Was sie zusammenhielt und woran sie sich klammerte, schien das schwarze Tuch zu sein. Und ein darunter verborgener Wille, es mit diesem Angeklagten aufzunehmen, um der Gerechtigkeit für ihre Toten willen. Jetzt hob sie den Kopf und sah erst den Richter an und dann den Angeklagten. Versuchte sie, ihm über die Entfernung hinweg in die Augen zu sehen? Zuckte ein winziges Lächeln ihr übers Gesicht, wie es Hardtfeld schien? Oder war's kein Lächeln, sondern ein plötzlicher Schreck der Erinnerung? Aber diesem Angeklagten konnte sie kaum anders als auf Fotos begegnet sein. Doch auch das Foto eines Menschen kann schon, wie wir wissen, genügend leidvollen Schrecken in der Erinnerung anderer Menschen auslösen.

Hardtfeld blieb keine Zeit, weiter nach Erklärungen zu suchen. Oder sich nach Lea Leineweber und den anderen jungen Leuten umzusehen, um festzustellen, wie diese echte Zeugin vor ihnen auf die Zeugin und anderen Beteiligten im Rollenspiel wirkte. Denn jetzt forderte der Staatsanwalt die Zeugin auf, ihre Aussage zu machen und dem Gericht den Tathergang, wie sie ihn erlebt habe, zu schildern.

„Ich war im Omarska", begann sie. „Man nannte es das Todeslager. Das war in dem Bergwerk." Sie sprach so leise und undeutlich, dass ihre Aussage auf Bosnisch kaum zu verstehen war und Hardtfeld so lange an verschiedenen Knöpfen der Schaltbox für den Kopfhörer drückte und drehte, bis er statt des Originals die leicht gehetzte Dolmetscherinnenstimme im Ohr hatte.

„Wir wurden von serbischen Soldaten gezwungen, unsere Wohnungen zu verlassen und auf einen Lastwagen zu steigen, der vor unserem Hause hielt."

Der Angeklagte hob die Hand: „Ich habe eine Frage an die Zeugin."

Der Richter sah auf das Blatt Papier vor sich auf dem Tisch und murmelte, ohne den Kopf zu heben: „Fragen Sie."

„Ich bitte die Zeugin, mir zu erklären, wie sie dazu kommt, hier von Todeslager zu sprechen. Soweit ich weiß, diente dieses übrigens inzwischen aufgelöste Lager nur der vorübergehenden Festsetzung krimineller Elemente, um Plünderungen durch die Bewohner und Unruhe zu verhindern und im Übrigen zum Schutz der aus Kriegsgebieten evakuierten Zivilbevölkerung."

„Nach unseren bisherigen Ermittlungen", entgegnete der Staatsanwalt, „kamen in diesem Lager Hunderte von Zivilpersonen, vielfach Frauen, oft nach Vergewaltigungen und schwersten, wiederholten Misshandlungen, ums Leben. Ich bitte, die Zeugin fortfahren zu lassen."

„Eine Nachfrage."

Der Richter nickte.

„Frau Zeugin", der Angeklagte drehte sich auf seinem Stuhl ihr zu und bog sich das Mikrofon zurecht, „Sie behaupten, Sie seien gezwungen worden, einen Lastwagen zu besteigen. Wie darf das Gericht sich das vorstellen, gezwungen zu werden, einen Lastwagen zu besteigen? Wurden Sie dorthin getragen und hineingehoben? Oder war es nicht vielmehr so, dass Sie und andere Frauen sich freiwillig in das Schulgebäude begaben, um dort während der vorübergehenden Kriegshandlungen in Sicherheit zu sein?"

Sie sah den Angeklagten an, schüttelte den Kopf:

„Die Soldaten stießen und schlugen uns. Sie zwangen uns mit vorgehaltenen Pistolen und Maschinenpistolen, unsere Häuser zu verlassen und auf den Lastwagen zu steigen. Als meine Nachbarin Malina sich weigerte, haben sie sie vor ihrem Haus vor unseren Augen erschossen. Sie stießen sie mit Stiefeltritten beiseite und ließen sie im Garten liegen. Als ihr kleiner Hund angerannt kam, erschossen sie den auch. Wir alle hatten Angst und stiegen ein. Der Lastwagen fuhr mit uns erst zur Schule. Dort mussten wir Frauen aussteigen. Der Lastwagen fuhr mit unseren Männern und Kindern weiter. Ich weiß nicht, wohin." Sie schwieg und versank in sich und ihre Erinnerungen.

„Fahren Sie bitte fort – wenn Sie können", sagte der Staatsanwalt leise.

Der Kopf unterm schwarzen Tuch nickte und hob sich kaum.

„Die Soldaten führten uns in die Schule. Auf dem Hof an der Wand neben der Schultür stand eine Gruppe Männer. Sie standen da ohne Schuhe. Ihre Kleider waren zerrissen und schmutzig, und ihre Gesichter blutig geschlagen. Als wir zu ihnen hinübersahen, um zu sehen, ob vielleicht unsere Männer dabei waren, brüllte einer der Soldaten: ,Seht zu Boden, ihr Gänse, sonst war es auch für euch das Letzte, was ihr geseh'n habt.' Als wir im Treppenhaus waren, hörten wir die Schüsse." Wieder schwieg sie.

„Sie stießen mich in ein Zimmer. Es war das Klassenzimmer meiner Tochter. An der Wand und an den Fenstern hingen die Zeichnungen und Bastelarbeiten unserer Kinder. Die Tische und Stühle der Schüler waren in einer Ecke zusammengeschoben. Auf dem Boden lagen ein Haufen Wolldecken und ein paar Matratzen. Zwei Männer hielten mich fest. Als ich mich losreißen wollte und schrie, sagte einer: ‚Das bosnische Hühnchen wird gleich still sein‘, zog seinen Gürtel aus der Hose und schlug mir mit der Schnalle solange ins Gesicht, bis ich blutete. Sie rissen mir das Kleid herunter, sie schlugen mich, sie rissen mir die Hose herunter und ...‘‘

Sie legte ihr Gesicht in beide Hände über ihrem Schoß, schüttelte den Kopf, schwieg erneut und fuhr dann fort: „Als ich mich wehren wollte, sagte einer von ihnen: ‚Hör gut zu, du kleine bosnische Hure, wenn du weiter Ärger machst, erlebst du diese Nacht nicht.‘ Dann haben sie mich ... dann haben sie mir ... Gewalt angetan ... mehrere ... mehrmals. Ich weinte, ich schrie. Einen biss ich. Der schlug mich wie einen Hund ... da blieb ich liegen.‘‘

„Eine Frage dazu‘‘, sagte der Angeklagte kopfschüttelnd ins Schweigen der Zeugin.

Der Richter nickte. „Sie sprechen hier von Soldaten, sogar von serbischen Soldaten. Woher wissen Sie überhaupt, dass es Soldaten und dass es serbische Soldaten waren?‘‘

„Das wussten bei uns im Dorf alle. Sie trugen Uniformen. Und sie sprachen Serbisch.‘‘

„Wenn ich fragen darf, Frau Zeugin ...‘‘, der Richter nickte, „was waren das denn für Uniformen, von denen Sie reden?‘‘

„Es waren Uniformen, eben Uniformen, wie Soldaten sie tragen.‘‘

„Frau Zeugin‘‘, der Angeklagte hob jetzt die Stimme, man sah es ihm durch die Glaswand an, ohne es zu hören, während die Dolmetscherstimme gleichbleibend geschäftsmäßig blieb,

„Sie machen die Armee der Republik Serbien für Verhaltens-
weisen verantwortlich, die dieser Armee fremd, ja geradezu
eine Beleidigung dieser Armee ...“

„Bleiben Sie doch bei der Sache“, warf der Staatsanwalt ein.

Der Richter hob kurz den Kopf:

„Ich leite die Sitzung. Stellen Sie also Ihre Frage.“

„Uniformen selbsternannter Marodeure“, sagte der Angeklagte, „solche und andere Uniformen gibt es viele. Es können
genauso gut kroatische oder bosnische oder andere oder gar
keine Uniformen regulärer Soldaten gewesen sein. Welche
Farbe hatten denn diese angeblichen serbischen Uniformen,
Frau Zeugin?“

„Sie trugen ... es waren braune oder ... ja, nein, es waren
olivgrüne Uniformjacken. Einer oder mehrere der Männer
trugen nur Uniformjacken, dazu andere, ich glaube auch
andersfarbige Hosen.“

„Frau Zeugin“, der Angeklagte machte eine längere Pause
und sah zum Richter hinüber. Der nickte, ohne den Kopf
zu heben.

„Frau Zeugin, ich stelle fest, dass Sie Angehörige der serbischen Armee schwerwiegender Verfehlungen bezichtigen,
ohne aber diese Angehörigen auch nur ansatzweise identi-
fizieren zu können. Wenn dies eine Zeugin der Anklage sein
soll, dann beantrage ich jetzt, die Vernehmung zu beenden.“

„Herr Vorsitzender“, der Staatsanwalt erhob sich, „ich
bitte, der Zeugin die Gelegenheit zu geben ihre ganze, für
sie, wie wir alle wissen, psychisch außerordentlich belastende
Aussage im Zusammenhang zu machen.“

„Wie Sie wissen“, sagte der Richter, „befinden wir uns im
Kreuzverhör.“ Und zur Zeugin gewandt:

„Fahren Sie bitte fort.“

Hardtfeld hatte zwischendurch wieder auf die bosnische Originalversion geschaltet und versuchte zu folgen.

„Auf dem Flur und aus den anderen Zimmern hörte ich Schreie, schreckliche Schreie, mehrmals auch Schüsse. Die Nacht verbrachten wir Frauen in einem anderen Zimmer, da gab es einige Wolldecken. Es war kalt. Wir wickelten uns alle zusammen ein und weinten. Am nächsten Tag fuhren sie uns nach Omarska. Da fehlten schon zwei aus meiner Gruppe."

Der Angeklagte hob die Hand. Der Richter nickte. Es war nur eine winzige Kopfbewegung, doch er nickte und betrachtete weiterhin das Blatt Papier vor sich auf dem Tisch.

„Frau Zeugin", der Angeklagte fragte mit provozierend ruhiger, geduldiger Stimme, mit einer Stimme, so freundlich und rücksichtsvoll, wie vom Volksmund ein krankes Kind oder besser noch ein krankes Pferd nach seinem Befinden gefragt wird:

„Sie haben mir und dem Gericht meine Frage, woran Sie erkannt haben wollen, dass es serbische Soldaten waren, von denen hier die Rede sein soll, noch immer nicht beantwortet. Da Sie doch behaupten, diesen Männern nahegekommen zu sein, hilft es Ihnen und der Erkenntnis des Gerichts vielleicht weiter, wenn ich Sie frage, welche Knöpfe denn diese angeblichen serbischen Uniformen der Männer, die sich im Schulhaus und, wie Sie behaupten, in Ihrer Nähe aufhielten, hatten, deren Uniformfarbe Sie leider ebenfalls nicht zweifelsfrei ..."

Der Angeklagte hielt inne. Denn jetzt richtete die bis dahin nur gebückt und geduckt dasitzende Zeugin sich auf, stand sogar oder erhob sich zunächst nur ein wenig von ihrem Sitz, richtete sich dann aber auf, stützte sich am Tisch ab, streckte die weiße Knochenhand gegen den Angeklagten aus, stieß erst die zur Faust geballte Hand, dann den Zeigefinger mehrmals in seine Richtung vor, und laut und heiser und heftig brach der Schrei aus ihr heraus: „Verflucht sollst du Mörder sein! Auf ewig verflucht! Allah wird dich strafen!"

Schluchzte sie, oder kam dieser keuchende Schmerzenslaut nach dem Aufschrei, bevor er in einen kurzen, leisen Klagelaut überging, nur in meiner späteren Erinnerung hoch? Anders kann es nicht gewesen sein, denn die Glaswand ließ keinen Laut durch, und die Stimme der Dolmetscherin, auf die Hardtfeld überrascht und erschreckt zurückgedreht hatte, kam zunächst, wie es schien, weiterhin gleichbleibend ruhig, bis auch sie ein kurzes, unartikuliertes Aufstöhnen hören ließ.

Und jetzt, und während nicht nur Hardtfeld, sondern auch andere Zuschauer vor der Glaswand zusammenzuckten – was hatte diese bisher so gebeugt dasitzende Zeugin hinter der Glaswand eben gesagt? Und was hatte die Dolmetscherin vollkommen unvorhergesehen, aber wortgetreu soeben übersetzt? Hatte er richtig gehört? Denn während Hardtfeld seinen Ohren noch immer nicht trauen wollte, kam durch den Kopfhörer die offenbar nicht amtliche Durchsage „No further translation! No transmission!" Und mit einem Knacks brach die Übertragung ab –, überstürzten sich hinter der Glaswand die jetzt geräuschlosen Ereignisse.

Der Richter schnellte aus seinem Halbschlaf aus dem Armsessel hoch, der Staatsanwalt war aufgesprungen, unsere Staatsanwältin aber hatte am schnellsten reagiert, da sie offenbar ahnte, was geschehen werde. Die Zeugin nämlich sank wieder in sich zusammen, ihr Kopf lag über ihrem Arm auf dem Tisch, der andere Arm glitt vom Tisch, sie neigte sich, doch bevor sie fiel, sank sie der Staatsanwältin, die geradezu herangeschossen kam, in die Arme. Die umfasste die Zeugin, die offenbar einen Schwächeanfall erlitten hatte, aber bei Bewusstsein war, unter den Armen und geleitete sie zusammen mit einer Gerichtswachtmeisterin langsam am Richtertisch vorbei aus dem Sitzungssaal.

Was der Angeklagte, der ebenfalls aufgesprungen war und seinen Stuhl zur Seite stieß, ihr mit wutrotem Gesicht armefuchtelnd nachschrie, blieb hinter der Glaswand unhörbar. (Wer weiß, wie auf dem Balkan geflucht wird und was der Angeklagte in diesem Verfahren dem Gericht schon zuvor alles vorgeworfen, buchstäblich entgegengeschleudert hatte, kann es sich denken.) Zwei Wachtmeister führten ihn ab, genauer, da er sich mit abwehrender Schulterbewegung dagegen verwahrte, eskortierten ihn aus dem Raum.

Jetzt fand auch die Dolmetscherinnenstimme im Kopfhörer ihre Sprache wieder und verkündete so gelassen, als sei nichts gewesen:

„Die Sitzung wird unterbrochen." Hardtfeld und die Seminarteilnehmer verließen den Raum und taumelten ins Licht auf dem Gang vor der Tür.

Das sagt und schreibt sich so leichthin: Sie verließen den Raum. Doch, um genau zu sein, der Raum verließ sie nicht. Weder vor noch hinter der Glaswand. Diese kurze Sitzung hatte Hardtfeld ernsthaft und mehr beeindruckt, ja mitgenommen, als er sich vorher hatte vorstellen können.

Als er ins gewöhnliche Licht und Gerede und Gerenne auf dem Gang vor dem Verhandlungsraum hinaustrat, war er geblendet und benommen, so benommen, dass er schwankte und sich gerne irgendwo abgestützt und hingesetzt hätte. Da es weit und breit keine Sitzgelegenheit gab, lehnte er sich mit dem Rücken an die Wand und blieb so stehen. Blieb schweigend stehen, rieb sich den schmerzenden

Druck aus der Stirn und atmete mehrmals tief durch. Dann erst wandte er sich den Teilnehmern zu. Denen ging es offenbar ähnlich.

Die beiden Referentinnen hatten sich auf den Boden gesetzt. Einige andere ebenfalls. Lea Leineweber schien zu weinen, und Barba Steinhardt kniete neben ihr und machte den Versuch, sie zu trösten, ihr jedenfalls, wie man so sagt, gut zuzureden. Doch konnte das helfen? Die bisherigen Eindrücke dieses Tages hatten sie offensichtlich erschüttert. Und womöglich nicht nur sie, sondern auch andere der Teilnehmer und Teilnehmerinnen, die sich allerdings weniger für Thema und Exkursion engagiert hatten als Lea.

Freundliches, zugleich energisches Zureden der wachhabenden Begleiter half den Sitzenden und Knienden schnell wieder auf die Beine:

„So sorry, but it's not possible here."

Oder sollte ich etwa sagen: Machte ihnen Beine? Denn so wie bisweilen auf den Gängen der Universität vor Hardtfelds oder anderen Sprechzimmern, ging's in diesem Hause und vor der Tür zu diesem Verhandlungssaal nun wirklich nicht. Außerdem näherte sich ihre kurze Besuchszeit dem Ende, so sorry.

Doch die Begleiterin und ihr männlicher Kollege zeigten sofort Verständnis, als einige der Teilnehmerinnen den dringenden Wunsch äußerten, vor Verlassen des Gebäudes noch die Toilettenräume aufsuchen zu dürfen. Die Bezeichnung *restroom* traf genau, wonach alle, auch Hardtfeld, ein Bedürfnis hatten, um nach dem Vorangegangenen zu sich zu kommen und die Fassung wiederzugewinnen. Sei es auch nur durch Händewaschen, eine Handvoll Wasser ins Gesicht und einen ratlosen Blick in den Spiegel.

Denn der Tag war für sie noch nicht zu Ende. Schließlich stand auch noch der Abend mit dem Fischessen am Meer auf dem Programm.

Auf dem langen Weg durch die Gänge zu den *restrooms* wurde ihre Gruppe freundlich gebeten, einen Augenblick zu warten und zur Seite zu treten, als zwei Wachtmeisterinnen eine Gestalt in ihrer Mitte in dieselbe Richtung führten.

Sie ging leicht vornübergebeugt und setzte so vorsichtig einen Schritt vor den anderen, als trage sie etwas Zerbrechliches vor sich her. Oder als sei sie selbst das Zerbrechliche. Oder vielmehr, als sei in ihrem Inneren etwas zerbrochen, als sei sie selbst das, nein, die Zerbrochene.

Man sah von ihr nichts als das große, schwarze Tuch, oder waren es mehrere Tücher, die ihre ganze, zierliche Gestalt von Kopf bis Fuß faltenreich verhüllten ... Auch die Schuhspitze, die bei dem ein oder anderen zögernden Schritt ein wenig hervortrat, war schwarz. Ob die Haare es ebenfalls waren, blieb unter dem eng anliegenden, schwarzen Kopftuch über dem Halstuch unsichtbar. Unsichtbar blieben auch ihre tief in dunklen Höhlen liegenden Augen. Nur das Oval des Gesichts war weiß, von einem leuchtenden Weiß, das unter den Deckenstrahlern des langen Ganges, auf dem die Gestalt mit ihren Begleiterinnen die Gruppe passierte, noch greller schien. Weiß waren auch ihre knochigen Hände, deren eine das ums Handgelenk gewickelte Tuchende an sich gerafft hielt. Kein Zweifel, es war die Zeugin Almedina F.

„Mein Gott", flüsterte Lea Leineweber, „wie die aussieht, und was sie durchgemacht hat." Bauermann sah ihr nach und nickte: „Kann einem echt leidtun, die Frau."

„Und", fragte Lea, „was ist mit eurem ‚Kampf ums Recht'?
Siehst du jetzt, wohin das führt, wenn man's so laufen lässt wie
dieser Richter? Kampf ums Recht, erinnert mich an Kampf
um Rom. Das ist allenfalls amerikanisch. Und am Ende Wild
West, der bessere Schütze gewinnt. Oder der skrupellosere
Angeklagte oder sein bestbezahlter Anwalt. Willst du das?
Sag, ob du das willst."

Doch ehe Hardtfeld den Vorschlag machen konnte,
diese weitere, gewiss wichtige Diskussion dem abendlichen
Abschlussgespräch am Meer vorzubehalten, hatte sich das
erübrigt. Sie sahen sich von Bewaffneten umringt.

„Der Gang ist gesperrt! Zurücktreten! Bitte gehen Sie
sofort zurück! Kein Durchgang!"

Gerenne und Rufe von Wachpersonal. Und da alle diese
sonst so freundlichen und geduldigen Bediensteten mit diesen
überdimensional wirkenden Maschinenpistolen behängt waren, hatte die urplötzlich ausgebrochene Hektik für Hardtfeld
und wohl auch für die anderen etwas Bedrohliches.

Da kam, Hardtfeld hatte es fast erwartet, die Staatsanwältin Diana Wegehaupt auf sie zu, atemlos und ebenso
bleich wie vorhin die Zeugin Almedina F. Sie blieb vor ihnen
stehen, keuchte: „Die Zeugin", keuchte: „es ist etwas passiert
... furchtbar", keuchte: „muss weiter ... tut mir leid, hören
voneinander." Und weg war sie in Richtung *restrooms*.

Hardtfeld und seine Studenten wurden im Eilschritt zum
Ausgang geleitet, fanden Zugang zu den Toilettenräumen im
Erdgeschoss und sich bald darauf vor dem Gebäude in einem
späten, windigen Regennachmittag.

Und standen wieder auf dem weiten, leeren, in einiger Entfernung von Straßenbahnen, Autos und den allgegenwärtigen

Fahrrädern umkurvten Platz vor dem berühmten Gericht, von dem in diesen Wochen in allen Zeitungen die Rede war. Das schmucklose Gebäude wirkte nun nicht mehr so enttäuschend auf sie, da sie es von innen kannten. Und dass es nicht nur wie eine Bank oder Versicherung aussah, sondern in einem Teil des Gebäudes tatsächlich nach wie vor eine Versicherung arbeitete, hatten sie inzwischen ebenfalls geklärt.

Sie zeigten einander noch einmal das hellgraue Gebäude vor ihnen mit den beiden auffälligen Entlüftungsschächten, oder waren es überdimensionale Kaminschornsteine, deren Spiegelbild einzelne Windböen auf der Wasserfläche davor in winzige blaugrüne Wellen zerriffelten und bei Windstille wieder zusammenfließen ließen. Dann wurde auch das Firmenlogo wieder klar lesbar. Dahinter die Reihe kleiner Fenster, untereinander angeordnet. Waren das nicht die Treppenhaus- oder Toilettenfenster?

Lea Leineweber schüttelte, als sie wieder dorthin sah, mehrmals schweigend den Kopf. Schnippte sie oder wer noch einmal ein Steinchen ins Wasser, zu klein, um weitere Wellen zu ziehen? Diesmal nicht.

Fotografieren kam wegen der diffusen Lichtverhältnisse nicht mehr infrage. Das fand Hardtfeld angenehm, sagte es aber nicht. Ohnehin wäre nun auch wohl niemand noch einmal wie am Morgen auf den Gedanken gekommen, mit Victory-Zeichen auf dem Beckenrand für Fotos zu posieren.

Was aber, fragte er und fragten die anderen Teilnehmer sich und ihn und einander, was war nach Sitzungsende auf dem Gang geschehen?

Da auch der weitläufige Churchill Plein um den Eingangsbereich von Polizeifahrzeugen und breitbeinig und auskunftsunwillig dastehenden Polizisten abgesperrt war, die zum Weitergehen aufforderten, erhielten sie Antwort auf diese Frage erst von einigen erregt diskutierenden Passanten vor einem Zeitungskiosk am anderen Ende des Platzes. Und später, da war die traurige Meldung zur Sensation aufbereitet schon bis in die Abendnachrichten gelangt, noch einmal vom Wirt im Simonis Beste Haring.

Almedina F., der Zeugin der Anklage, die sie auf dem Gang vor Kurzem noch gesehen hatten, war es gegen alle Sicherheitsmaßnahmen gelungen, sich auf der Toilette ihrer Kleidung zu entledigen, durch eins der engen Fenster über dem Treppenschacht zu zwängen, durch das sich kein Mensch mit Normalmaß zwängen konnte, und hinabzustürzen.

Unter der senkrechten Fensterreihe führte ein offener, von hohem Buschwerk und kleinen Bäumen umstandener, eisenvergitterter Treppenabgang von außen in das weitläufige Kellergeschoss des Hauses. Die vertikale Reihe kleiner Fenster befand sich senkrecht über diesem Treppenschacht. Sie zeigten einander wiederholt diese Fensterreihe. Durch ein solches Fenster, es muss das zweite oder das dritte von links unten gewesen sein („Siehst du das da, links von diesem komischen Kaminschacht?"), hatte sich also die Zeugin Almedina F. hindurchgezwängt.

Wie war das möglich gewesen? Offenbar hatte man sie beim Toilettengang in der WC-Kabine selbst aus den Augen gelassen. Was andererseits verständlich war, weil einem menschenwürdigen Mindestmaß an Diskretion gegenüber dem persönlichen Intimbereich geschuldet.

Die Zeugin konnte aus dem Fenster nur in diesen Treppenschacht oder auf das Eisengitter seiner Einfassung, im besten Fall auf das Buschwerk und einen der kleinen Bäume davor gestürzt sein. Im einen wie im anderen Fall eine grausame Vorstellung, an die Hardtfeld nicht weiter zu denken versuchte.

Die Vorstellung war grauenhaft für alle. Sie standen am Rande des weitläufigen Platzes, blickten aus der Ferne auf das Gebäude, mit dessen Spiegelbild immer noch, wie am Morgen, bevor Hardtfeld und seine Studenten es so erwartungsvoll betreten hatten, der Wind in winzigen Riffelwellen des weiten Brunnenrondells spielte.

In seinem Magen – so notierte er in einem damaligen Tagebuch, das er mich auszugsweise lesen ließ, bevor er es vernichtete, weil es, wie er sagte, viel zu viel zu Persönliches enthielt (doch wohl die eigentliche Zweckbestimmung eines Tagebuchs) – wuchs ein kalter Stein und machte sich breit. Das Straßenbahngeschaukel habe ihm Übelkeit verursacht, was sonst selten oder nie bei ihm der Fall gewesen sei. Der Magendruck, verbunden mit Schwindelgefühl, habe sich schließlich von selbst wieder gelegt. Das habe ihn von der unangenehmen Vorstellung erlöst, den Fahrer in seiner Glaskanzel vergeblich zum Halten zu bewegen. Und von der noch unerträglicheren, sich vor seinen Studenten womöglich in einer Wagenecke übergeben zu müssen.

Bevor sie in die Straßenbahn gestiegen waren, hatten sie im Windschatten eines Wartehäuschens eine kurze Besprechung darüber geführt, ob sie überhaupt noch ans Meer fahren sollten, nach allem, was vorgefallen war. Aber dann hatten die beiden Organisatoren Bauermann und Jäger argumentiert, dass Tisch und Essen seit Langem fest reserviert und schon angezahlt seien. Außerdem tue ein Luftwechsel, in diesem Fall verbunden mit einer Fahrt ans Meer, nach dem dramatischen Tag allen gut. Man könne versuchen, Abstand zu gewinnen und beim gemeinsamen Essen wieder zu sich zu kommen. Jetzt im Hotelfoyer oder im Zimmer auf den Betten herumzusitzen und sich vergebliche Fragen zu stellen, sei auch keine Alternative. Das fand am Ende Zustimmung.

Hardtfeld schloss sich dem an. Aber den hätten sie gar nicht zu fragen brauchen. Denn der fand, wie sie wussten, ohnehin alles gut, was irgendwie mit Häfen und Schiffen und Meer zu tun hatte, gleich wie und wo es war. Warum also nicht auch am windigen Vissershaven von Den Haag. Lea Leineweber und Barba Steinhardt, die Aktivistinnen des heutigen Tages, waren nicht ansprechbar. Sie saßen eingehakt mit tief herabgezogenen Mützen und hochgeschlagenem Kragen auf der Metallbank in der Ecke des Wartehäuschens und starrten schweigend vor sich hin.

Sie fuhren und fuhren, und die Elektrische schlingerte und nahm auf der langen Geraden reichlich Fahrt auf. Das Straßenbahngeschaukel ließ in Hardtfeld Übelkeit hochsteigen, die er aber unterdrücken konnte.

Je weiter sie in die Nacht hinausfuhren, desto weniger Fahrgäste fuhren mit ihnen. Zum Schluss waren sie mit dem Fahrer allein. Windböen warfen dann und wann klirrende Regenschauer gegen die Scheiben. Doch als sie endlich ausstiegen und gingen, wohin der Fahrer sie mit Worten und Händen und Schulterklopfen gewiesen hatte, nahm eine Wand aus Wind ihnen erstmal den Atem, aber der Regen hatte aufgehört. Jetzt erst wurde ihnen klar, dass sie tatsächlich am Meer waren. Zwar war das Meer, wo sie standen, nicht zu sehen. Jedenfalls sahen sie es noch nicht. Doch standen sie schon mitten in diesem gewaltigen, dunklen Rauschen, das sich um sie herum erhob und fauchend in heftigen Böen über sie hinwegfuhr.

Der Weg zu Simonis, den seine Helfer auf dem Stadtplan herausgefunden und den der Tramfahrer ihnen nochmal gestenreich erklärt hatte, führte auf einer zu beiden Seiten von spärlichen Gräsern (für die der romantische Name Strandhafer übertrieben gewesen wäre) gesäumten Betonsteinpiste geradeaus ins Herz des Windes und der Finsternis. Der Wind hatte wieder zugenommen, einzelne Böen hoben dann und wann eine Prise Sand, auch mal eine knatternde Plastiktüte oder einen Zeitungsrest auf und trieben sie ihnen entgegen. Auch wer eine Brille trug (Hardtfeld zum Beispiel), kniff die Augen so weit zu, dass blinzelnd die Reihe sich im Dunkel verlierender Alupeitschenmasten wahrnehmbar blieb, der sie bis zur Mole und dann um den Vissershaven herum Richtung Buitenhaven folgen sollten. Die Gruppe hielt sich dicht beieinander, um sich und den Weg nicht aus den Augen zu verlieren.

Als sie aus dem Windschatten eines Lagerhauses heraustraten, wälzte das Meer den schweren, herben Geruch von Tang und Teer und Wattenschlamm, durchmischt mit mal schwächerem, mal stärkerem Fischgeruch, über sie hinweg. Der Wind riss an Jacken, Mänteln und Mützen, und vor ihnen öffnete sich eine weite Hafenbucht, deren Brandung der Wind klatschend gegen die Betonwände trieb. Wenige Schiffe, Krabben- oder Fischkutter, auch ein kleines Küstenmotorschiff, tanzten vertäut, zerrten an Festmachern und Ankern und walkten knirschende Fender aus schweren Autoreifen. Jenseits der Bucht blinzelte ein rotes Blinkfeuer. Auf dem Molenkopf vor ihnen markierte ein grünes Licht die Einfahrt, und den Widerschein verrührte der Wind im schwarzen Wellengewimmel.

Als Hardtfeld und wohl auch den anderen schon leise Zweifel an heißer Fischsuppe, heißem Tee, Grog oder anderen

Getränken kommen wollten, standen sie plötzlich davor: Simonis. Das berühmte Fischrestaurant. „BESTE HARING" versprach das Riesenschild über einem Gebäude, das eher einer wind- und seefesten Baracke als einem bekannten Fischrestaurant glich. Und „1. Plaats 2016!". Von knatternden Fahnenwimpeln umrahmt. Wenn das nichts war. Und allein, wie sie anfangs meinten, allein in dieser windigen Einöde waren sie auch nicht. Eine Reihe großer Wagen blinkte auf dem Parkplatz unterm Wellblechdach.

Sie traten ein, und die Überraschung war vollkommen. Was außen barackenähnlich dalag, weitete sich innen zu einem großen Raum in Holz. Massive Holzdecke und Wände, schwere Holztische und Stühle. Über den Tischen hingen elektrifizierte Schiffslampen an Ankerketten aus dem Deckendunkel herab. Sie fanden den Wirt, der lachte lauthals, hieß Klaas und war so stabil wie alles hier innen und außen, fand ihren reservierten Tisch, die Muschelsuppe als Vorspeise wartete schon in dampfenden Terrinen, danach gebratener Hering, wahlweise Dorsch, tuchbedeckte Brotkörbe wurden herangeschoben. Auch die Getränkefrage (Wein oder Bier oder beides?) war schnell entschieden.

Erstmal führte kein Weg daran vorbei, einen Genever vom Tablett zu nehmen und mit dickem Glas mit Klaas anzustoßen. Ja, worauf eigentlich? Und wenn eben schon so etwas wie Wirtshausfröhlichkeit angesagt schien, trat jetzt schlagartig Stille ein. Tja, worauf trinkt man, worauf kann man überhaupt trinken an einem solchen Abend nach einem solchen Tag? Sie standen um den Tisch und schwiegen, und Klaas wusste nicht, was los war. Bis einer den Vorschlag wagte: „Trinken wir doch auf die bedauernswerte Almedina F. Mut hatte sie jedenfalls." Aber das wäre wohl noch unpassender gewesen. Schließlich waren sie hier nicht auf einer Beerdigungsfeier. Oder? Oder doch?

„Almedina", fragte Klaas und setzte sein Glas ab, „woher kennt ihr die denn?"

Und dann kam die ganze Geschichte nochmal auf den Holztisch von Simonis Fischrestaurant. Denn Klaas war in einem früheren Leben, wie viele Kneipenwirte, was anderes gewesen. Was denn? Darauf wäre wohl so schnell niemand gekommen: Polizist nämlich. Was für ein Zufall! (Warum er das nicht mehr war, das war eine andere Geschichte, die hat auch mit dem Meer zu tun, wie so vieles in Holland, gehört aber jetzt nicht hierher.) Und er hatte immer noch seine Beziehungen, beste Beziehungen, wie man sich denken konnte, zu alten Kollegen und Freunden, die wussten, wo es für sie immer guten Fisch gab. Und Klaas wusste über vieles Bescheid. Kannte sogar die näheren Umstände des Selbstmordversuchs dieser bedauernswerten Zeugin.

„Versuch", fragte Lea Leineweber, „sagten Sie eben Versuch? Wieso Versuch?"

Da waren sie alle hellwach und ließen sich von Klaas schnell nochmal, bevor die Muschelsuppe kalt wurde, stichwortartig erzählen, was der von seinen Polizeifreunden vor dem Gericht und vom Revier wusste. Inoffiziell, versteht sich, alles ganz inoffiziell. Danach wurde die Zeugin Almedina schwerverletzt, aber lebend und in fürchterlichem Zustand – sie hatte sich alles gebrochen, was man sich brechen kann, einschließlich angebrochenen, aber nicht gebrochenen Halswirbels – ins Krankenhaus eingeliefert. Ob sie überlebe, welche Chancen sie habe, wenn überhaupt, wahrscheinlich im Rollstuhl, sagte Klaas, das alles sei zur Stunde noch ungewiss und in der Hand der Ärzte.

Dennoch: Was für eine Nachricht! Das konnte vieles ändern. Lea Leineweber und Barba Steinhardt, und nicht nur die, lebten auf. Auch alle anderen um den Tisch, Hardtfeld eingeschlossen, empfanden Erleichterung. Obwohl noch nichts Näheres bekannt war, vor allem nicht, ob die Zeugin tatsächlich überleben würde. Doch immerhin lebte sie. Also gab es Hoffnung.

Hardtfeld schlug mit dem Messerrücken gegen das Bierglas.

„Trinken wir also", schlug er vor, „trinken wir auf den Sieg von Recht und Gerechtigkeit. Und darauf", setzte er nach kurzer Pause hinzu, „dass unsere Zeugin mit dem Leben davonkommt. Und auf alle, die Sie zu unserer Seminarexkursion so tatkräftig", er machte erneut eine Pause und beugte sich erst den beiden Referentinnen Leineweber und Steinhardt zu, dann seinen Hilfskräften Bauermann und Jäger, und fuhr fort, „und erfolgreich beigetragen haben. Ich danke Ihnen und allen anderen Teilnehmerinnen und Teilnehmern. Und vergessen wir nicht unsere Referenten und Gesprächspartner, Staatsanwältin Wegehaupt und Richter Grundberg. Und dass wir jetzt", er wandte sich Klaas zu, „hier bei Ihnen sein dürfen. Danke!"

Das fanden alle, auch Klaas, in Ordnung. Hardtfeld erntete holzklopfenden Applaus. Sie winkten einander mit erhobenen Gläsern zu, kippten den gelben Schnaps, atmeten stöhnend aus, denn das Zeug hatte es in sich, und setzten nicht nur, sondern knallten die Gläser hörbar auf die Tischplatte oder gleich zurück aufs Tablett. Na also. Klaas nickte zufrieden und verschwand hinter der Theke. Und ließ sie mit der Frage, von der er nicht wissen konnte, warum das für sie die wichtigste Frage war, allein am Tisch. Jetzt konnte die Diskussion beginnen. Und sie begann.

Lea hatte an ihrem Glas nur genippt.

„Ich bin so verheult", sagte sie leise zu Bauermann, der neben ihr saß, „wo ist denn hier die Toilette?"

Der nickte schweigend, stand auf, ließ sich von Klaas den Weg erklären und ging mit ihr im Halbdunkel an Gelächterexplosionen in holzgetäfelten Sitznischen vorüber durch Wolken von Bratfisch- und Tabakgeruch (lange vor dem Rauchverbot, das bei Klaas ohnehin nicht galt) um die Ruder eines zwischen Tischen und Gästen aufgebockten Rettungsbootes herum bis ans Ende des sich durch verschiedene Anbauten hinziehenden Raumes. Der Tag hatte Lea mitgenommen. Und man sah es ihr an. (Nahm er, der sonst so schlagfertig ironische, auf Distanz bedachte Bauermann die sonst so selbstsichere Lea Leineweber sogar zwischendurch an die Hand wie ein kleines Mädchen? Und ließ sie es sich gefallen oder hatte sogar nach seiner Hand gefasst? Hardtfeld konnte es nicht sehen und wir auch nicht. Es hätte aber, wenn man den beiden nachsah, wie sie sich durch das verrauchte Halbdunkel vorantasteten, durchaus sein können.)

Als Bauermann allein an den Tisch zurückkam, hörte er Hardtfeld noch sagen: „... der Gedanke des Kampfes zwischen den Streitparteien um das Recht, wenigstens um die im Einzelfall richtige Entscheidung, habe eben nicht nur die im amerikanischen Wettbewerbsdenken angelegte, uns Europäern, den Kontinentaleuropäern jedenfalls, schwer nachvollziehbare, politische oder, wenn man so wolle, sportliche Dimension. Wonach die Wahrscheinlichkeit dafür spreche, dass am Ende der Bessere im Wettkampf siege."

„Oder wer besser schießt", rief jemand dazwischen. (Kurzes Gelächter.)

Man könne, fuhr Hardtfeld fort, auch versuchen, diesen Ansatz damit zu begründen, dass Wahrheitsfindung nur ein Annäherungsprozess, oft ohne endgültige Lösung, „die" Wahrheit mit Mitteln menschlicher Beobachtung und Erkenntnis nicht oder allenfalls unvollkommen oder teilweise erreichbar sei. Das gelte vor allem für die Rekonstruktionsversuche der Wahrheit mit prozessualen Mitteln. Wie viele Fehlurteile ergingen aufgrund von Irrtümern, Missverständnissen, Zeugenmanipulationen, absichtslosen Falschbeobachtungen und absichtsvollen Falschaussagen. Wenn das aber so sei, könne man die Beibringung der für die Entscheidung erheblichen Tatsachen auch den streitenden Parteien und das Ergebnis ihrem Wettkampf um die bessere Beweisposition überlassen. Allerdings ...

Das sei aber doch heute Nachmittag alles andere als überzeugend gelaufen, wandte Barba Steinhardt ungeduldig ein. Wie dieser Richter, ohne als Vorsitzender Sitzungsleiter einzugreifen, dem Angeklagten erlaubt habe, die Zeugin mit unfairen Fragen und Zwischenfragen zu verunsichern und schließlich fertigzumachen.

„Bis zum bitteren Ende", setzte jemand hinzu. „Wenn schon die Lea bei unserem kleinen Rollenspiel die Nerven verloren hat, kann man sich denken, wie es einer Frau gehen muss, die das alles selbst erlebt hat"

„Ja! So ist es!" Jetzt wurde es lauter. Das Ende dieser Beweisaufnahme, und wie es dahin kam, sei nicht nur menschlich unerträglich, sondern doch wohl auch rechtlich anzweifelbar. Was seien denn das für ein Verfahrensrecht und für ein Rechtsverständnis, die so was zuließen?

„Kampf ums Recht, schön und gut, aber doch nicht so! Auch Opfer und Zeugen haben eine Menschenwürde. Und die ist auch im gerichtlichen Verfahren unantastbar und zu schützen. Oder?" Und was sei mit dem berühmten *Fair Trial*? Das sei doch alles andere als fair gewesen heute Nachmittag.

Auch Hardtfeld kritisierte die passive Rolle des Richters. In der Tat entspreche der Grundrechtsschutz der Prozessbeteiligten vor dem ICTY nicht immer heutigen europäischen Standards. Das gelte für Aussageverweigerungsrechte, für die überlange Verfahrensdauer, für die Untersuchungshaftdauer, sieben Jahre oder mehr seien ein Unding und in Deutschland vollkommen unzulässig. Solche Verfahren wären bei uns längst eingestellt worden. Auch die Höhe einzelner verhängter Strafen (45 Jahre etwa) und deren Begründung seien fragwürdig, teilweise geradezu abenteuerlich. Das eigentliche Problem der Parteiherrschaft im Strafprozess vor diesem ICTY liege aber nicht erst in der Praxis einer aus unserer Sicht befremdlich passiven Verhandlungsführung des Richters, sondern tiefer. Nämlich, wie heute schon mehrmals gesagt, in der Frage, welche Tatsachen die Parteien dem Richter überhaupt auf den Tisch legten. Und welche Geschehnisse bei der Verhandlung unter den Tisch fielen. Obwohl sie in Wirklichkeit stattgefunden und Gewicht hätten und Tatopfern und Zeugen auch bekannt seien.

„Das hat der Richter uns beim Mittagessen klargemacht, ohne ein Blatt vor den Mund zu nehmen."

„Kann man wohl sagen", sagte Jäger und wandte sich an seinen Freund Bauermann:

„Sag mal, wo hast du denn die Lea gelassen? Ihr seid doch vorhin zusammen dahinten in den Katakomben verschwunden?"

Erst jetzt fiel auch den anderen auf, dass Lea Leineweber verschwunden war. Und zwar schon die ganze Zeit, während ihre Diskussion immer wieder um dieselben Fragen kreiste. Und keine Antwort fand.

„Wo kann die denn sein?", fragte Barba Steinhardt, stand auf und ging um den Tisch zu Bauermann: „Du musst doch wissen, wo sie ist, du falscher Kavalier. Entfernt sich mit einer Dame und weiß hinterher nicht, wo sie abgeblieben ist."

Doch zwei, drei kleine Lacher verstummten schnell. Denn nach allem, was sie heute erlebt hatten, war niemandem wirklich zum Lachen. Erst recht nicht, als Steinhardt den falschen Kavalier an der Jacke zog: „Komm, wir müssen sie suchen", sich in diesem großen, jenseits der Schiffslampen über Tischen und an Wänden dämmerigen Raum umsah und hinzufügte: „Ich komm' mir auf einmal wie im Film vor. Los, wer kommt mit?"

Da brach Unruhe aus. Bauermann und andere standen auf. Und während sie alle um den großen Tisch unter dem klobigen Topplicht herumstanden, durcheinanderredeten und berieten, was zu tun sein, begann Hardtfeld sich ernstlich Sorgen zu machen um die fehlende Lea Leineweber.

Denn Bauermann und Steinhardt kamen mit der Meldung zurück, Lea sei nicht in den Toilettenräumen. Sie sei auch nicht mehr in Simonis Fischhaus. Zwei Männer am Tisch in Türnähe hätten sich erinnert, gesehen zu haben, dass sie vor einiger Zeit hinausgegangen sei. Sie wussten auch noch genau, was sie dieser Rothaarigen, die etwas übermüdet gewirkt habe, zugerufen hatten, sagte Bauermann: „Pass op min Meisje, dat je niet wech vliegst!" Sie hätten sich nichts weiter dabei gedacht, als sie zur Tür hinausging. Warum auch? Sie trug einen roten Anorak und hatte sich die Kapuze übergezogen. Dagegen war nichts zu sagen.

Als Hardtfeld und alle anderen daraufhin nach Jacken, Mänteln und Mützen griffen, um sich sofort auf die gemeinsame Suche zu machen, erschienen Klaas und zwei Frauen in Weiß aus der Küche, sammelten die Suppenteller ein und schoben große Platten und den Duft gebratenen Herings auf den Tisch.

„Wat is denn nu los", wollte Klaas wissen, „wollt se vor dat Essen gehn?"

Aber das war schnell geklärt, und die Fische würden warten, warmgehalten, versteht sich, wenn auch nicht mehr ganz so kross, leider. Frisch gebraten ist frisch gebraten, alles andere ist ... na ja. Aber man weiß ja, wie dat is mit de Frauen, immer is wat. Konnte Klaas selber ein Lied von singen. Aber jetzt wünschte er erstmal erfolgreiche Suche nach der Vermissten. Und gab ihnen eine Lampe mit, die warf einen Lichtschein wie ein Schuss, mindestens hundert Meter oder sogar weiter. Man konnte nie wissen, wofür das gut war. Sollte er womöglich gleich seine Kollegen von der Polizei benachrichtigen?

Hardtfeld winkte ab und Klaas nickte: besser nich. Wäre wohl verfrüht gewesen, obwohl man nie wissen konnte ... Aber seinem Freund Enno, wenn der nachher mit dem Kutter reinkam, dem würde er jetzt gleich vor der Einfahrt schon mal kurz Bescheid funken, der sollte sich ook maln beeten umkieken. Das konnte nicht schaden und machte keine amtlichen Schererei. Also tschüss und bis gleich. Denn mokt man gaut!

Einer von ihnen wollte die Tür aufmachen, doch die war zu. Sie war aber nicht zu, eine Windbö drückte sie zu, stemmte sich dagegen, fauchte im Türspalt, heulte auf, wollte die Tür dem, der sie aufdrückte, aus der Hand reißen. Das ging gleich richtig los.

Sie wickelten ihre Kleidungstücke fester um sich, zogen Mützen und Kapuzen tiefer ins Gesicht und beugten sich in den Wind. Die eine Gruppe sollte dem Betonplattenweg, den sie vorhin gekommen waren, weiter Richtung Buitenhaven folgen, die andere bis vors Ende der Mole und sich da am Vissershaven umsehen. Gelegentliche Zeichen mit der Lampe zeigten der einen Gruppe, wo die andere war, mehr nicht. Denn sie sahen schnell ein, was Hardtfeld ihnen erklärte. Dass man nämlich, um im Dunkeln am oder auf dem Meer was zu sehen, im Dunkeln bleiben und versuchen musste, sich an Lichtern und Umrissen der näheren und weiteren Umgebung zu orientieren. Wer im Licht stand, sah nichts außer dem Licht – und sich selbst. Scheinwerfer waren nur für Notfälle oder Kommunikation hilfreich. Oder natürlich als starke Suchscheinwerfer bei Seenotfällen. Aber das war hier ja wohl nicht der Fall. Hoffte Hardtfeld jedenfalls.

Dass ihm langsam mulmig wurde, während sie sich, fest auftretend gegen den Wind von vorn oder von der Seite, auf den Molenkopf in der Ferne zubewegten, lässt sich nicht leugnen. Schritt für Schritt gingen sie weiter mitten hinein in das große Rauschen um sie herum.

Und jetzt gingen sie alle, denen sich auch die andere Suchgruppe angeschlossen hatte, nicht nur weiter in Richtung Nordwest, sondern schneller. Oder rannten auch welche? Denn eben lief unter Grün und Rot mit einem weißen Topplicht am dreibeinigen Eisenmast für die Netzwinsch ein Kutter auf die Molenspitze und auf sie zu, drehte bei, verquirlte Rot mit Grün in schwarz schäumendem Kielwasser, und sein ohren-

betäubender Schiffsdiesel zernagelte beim Anlegemanöver die Stille, in der sie bis eben gestanden und geredet hatten, gegangen und am Ende gerannt waren.

Der Fischer nahm Fahrt weg. Augenblicklich ließ der Krach nach. Als er dann die Lichtbündel seiner beiden superstarken Suchscheinwerfer über die Ufermauer, die kabbelige Wasserfläche, die Plattform, den Weg und sie hinwegschießen ließ, sahen sie erst: gar nichts. Nachdem sich die Augen an so viel gleißendes Licht gewöhnt hatten, sahen sie unter vorgehaltenem Handschirm: alles.

Aber was sahen sie? Und was zwingt mich, mitzuteilen, was Hardtfeld sah, was er vor Augen hatte, kommen sah, was also, so schoss es ihm durch den Kopf, sie alle seit Leas Verschwinden hatten kommen sehen, aber nicht sehen wollen, immer noch nicht für möglich hielten, wie er, Hardtfeld, nicht zu erleben hofften? Und nun doch zu sehen fürchteten. Und was geeignet war, sie alle, die dabei gewesen waren, vor allem den alt gewordenen Hardtfeld, wenn es denn unausweichlich wahr werden sollte, noch nach Jahren mit den Bildern der Erinnerung an dieses Ende einer so vielversprechend begonnenen Seminarexkursion zu verfolgen?

Was aber sah Hardtfeld, und, wie er meinte, sahen sie alle im Bruchteil einer Sekunde als superschnellen Film vor dem inneren Auge als Befürchtung ablaufen?

Das Aufsehen, das ein derartiger, nicht auszudenkender Zwischenfall, nicht Zwischenfall, vielmehr Unglücksfall, erregen musste, war, wie sich denken ließ, außerordentlich. Noch in Den Haag kam die Meldung über diesen Unglücksfall im Vissershaven in die Presse. Berichtet und kommentiert als „Unglückstag auch für das Tribunal". Erst der Fenstersturz der Zeugin im Milošević-Prozess und dann das Verschwinden einer deutschen Studentin, die als Prozessbesucherin nach Den Haag gekommen war. Der Kanzler des ICTY ließ Hardtfeld kurzfristig zu einem Gespräch bitten. (Von der qualvollen, weil viel zu langen, nächtlichen Heimreise nach Abbruch des restlichen Exkursionsprogramms wollen wir hier gar nicht reden.) An der Fakultät in Berlin und in den Medien der Hauptstadt war die Sache aktuelles Thema. Sitzungstermine für Hardtfeld im Dekanat, im Präsidialamt, Interviewanfragen der Presse, Vorladungen der Staatsanwaltschaft. Der unvermeidbare, unaufschiebbare Besuch bei den völlig fassungslosen, wütende Schuldvorwürfe und Drohungen am Ende nicht zurückhaltenden Eltern der Toten türmten sich zu einer Welle hoch. Die stürzte auf Hardtfeld herab und begrub ihn unter sich. Brach er zusammen und verschwand in einer Klinik? (Es wäre verständlich gewesen.)

Noch aber standen, gingen, liefen sie in diesem Kurzfilm angstvoller Befürchtungen im Vissershaven von Den Haag den Kai entlang auf den Molenkopf zu. Sie sahen im Scheinwerferlicht den betongrauen Damm, die schwarzen Festmacher beidseits, an der Stirnseite übereinandergeworfene Paletten, einen sauber geschichteten Stapel Fischkästen, einen Netzsack aus rotem Plastik, der nicht weit weg von der Kante auf einer Palette lag. Vor der Betonwand am anderen Ufer tanzten im Halbdunkel wenige vertäute Schiffe.

Beim Näherkommen, Hingehen und Hinsehen war es kein Netzsack, sondern ein Anorak. Der rote Anorak von Lea Leineweber. Jetzt hob der Anorak den Arm. Aber nicht Lea Leineweber hob den Arm. Eine über die Plattform fegende, heftige Böe hatte den auf der Palette liegenden Anorak erfasst, durchgeschüttelt, den Ärmel angehoben und wieder fallen gelassen.

„Lea?", rief eine einzelne, dünne Stimme. „Lea? Lea!", schrien jetzt mehrere „Lea!", schrien alle.

„Um Gottes willen", flüsterte Hardtfeld, „nur das nicht, bitte nicht ... Wo war Lea?"

Und wie war ihr Anorak ohne sie hierhergekommen? Hatte sie sich nur mal eben, wie man so sagt, den Wind um die Nase wehen lassen wollen und sich darum des Anoraks entledigt, oder aber ...

Die Antwort kam von zwei Seiten.

Während sie noch am Rand der Kaimauer standen, ratlos, und zusahen, wie der Fischer erst einem, dann dem anderen Festmacher eine Leine überwarf, diese mit wenigen Windungen unter der Reling festlegte, im Steuerhaus verschwand, die Scheinwerfer abstellte, den Motor aber im Leerlauf leise weiterlaufen ließ, schließlich schweigend an Land stieg, auf alle Fragen schulterzuckend schwieg, wieder an Bord stiefelte, wurde es in ihrem Rücken an der Landseite scheinwerferhell, blaulichthell und unüberhörbar sirenenlaut. Sie fanden sich in wenigen Minuten umringt von Feuerwehr, Krankenwagen und Polizei.

Und während der Krankenwagen bis vorn an die Kante durchfuhr, neben dem Kutter haltmachte, Heckklappe und Türen aufflogen, Einsatzpersonal in Arbeitsmontur heraus und aufs Schiff sprang, wurden sie von Polizisten mit ausgebreiteten Armen geduldig, aber dringlich gebeten, zurückzutreten. „Please go back! Please. No comment. Zurücktreten!", befahl wer auf Deutsch. Und schon, hier passte das Wort ‚in Windeseile‘, versperrte rotweißes Plastikband den Zugang zur Molenspitze und allem, was sich dort jetzt vor ihren entsetzten Augen abspielte. Schrie wer? Schrie wer „Um Gottes Willen! Nein! Nein! Lea!" Weinte wer?

Einem der Polizeiwagen entstieg Klaas, ihr gerade noch so fröhlicher Wirt. Er ging schweigend auf Hardtfeld zu. Die Männer fassten einander bei den Armen. „Schrecklich", sagte Klaas leise und schüttelte den Kopf, „schrecklich." Sie hielten einander fest an beiden Armen. Hardtfeld stand starr. Ließ Klaas' Arme los, hielt sich erst eine, dann beide Hände vors Gesicht, schwankte, ließ sich von Klaas stützen. Der legte behutsam den Arm um ihn und geleitete ihn in kleinen Schritten zu einem der Einsatzwagen, wo sich sofort ein Arzt um ihn bemühte: Schock? Aber Hardtfeld wollte nichts davon wissen und erhob sich gleich wieder.

Was die Einsatzkräfte nun auf einer Bahre und nicht mehr in Ennos fleckiges Vorsegel, sondern in goldglänzende Isofolie gehüllt über die Bordkante hievten und sofort in den Krankenwagen schoben, konnte nicht Lea sein.

Aber was, wenn es doch wahr war? Es musste Lea sein. Sahen sie diese Bilder nicht mit eigenen Augen. Alle sahen es, ließen sich zur Seite schieben, um den Krankenwagen durchzulassen, standen eng beieinander, redeten, schwiegen, weinten, redeten immer dasselbe.

Am nächsten Tag erfuhren sie es. Erst im Krankenhaus. Dann nochmal ausführlich von Klaas, der zu ihnen ins Hotel gekommen war. Alle Wiederbelebungsversuche erfolglos. Hatte Enno schon vorher gewusst.

Nach dem Funkruf von Klaas hatte er gleich beigedreht, die Scheinwerfer angeworfen und erst mit halber, dann voller Kraft voraus gegen den zunehmenden Ebbstrom auf die Einfahrt des Außenhafens zugehalten. Ziemlich weit draußen hatte er die Frau aufgefischt. War nicht ganz einfach gewesen, das schlaffe, schwere Bündel an Bord zu hieven und dabei den Kutter im ablandigen Sog halbwegs auf Kurs zu halten und nicht etwa

noch zwischen den Sandbänken aufzulaufen. Außer seiner
alten Fock hatte er nichts gefunden, diesen längs der Reling
abgelegten Körper erstmal zu bedecken. Er hatte versucht, sie
auf die Seite zu drehen, wie man es in solchen Fällen machte.
Aber sie hielt sich nicht und sackte wieder zurück. Da ließ er
sie unterm Segel liegen. Was hätte er sonst machen sollen? Gab
Vollgas und hielt auf die Mole Richtung Hafen zu, machte fest,
kam aber nicht an Land.

Jetzt gingen sie alle, denen sich auch die andere Suchgruppe angeschlossen hatte, nicht nur weiter in Richtung
Nordwest und einem sich böig drehenden Wind entgegen,
sondern schneller. Oder rannten auch welche? Denn eben
lief unter Grün und Rot mit einem weißen Topplicht am
dreibeinigen Stahlrohrmast für die Netzwinsch ein Kutter
um die Molenspitze und auf sie zu, drehte bei, verquirlte
Rot mit Grün im schwarz schäumenden Kielwasser, und ein
ohrenbetäubender Schiffsdiesel zernagelte mit Vollgas zurück
die Stille, in der sie bis eben gestanden und geredet hatten.
  Der Fischer nahm Fahrt weg. Augenblicklich brach der
Krach ab. Als er dann die Lichtbündel seiner beiden superstarken Suchscheinwerfer über die Ufermauer, die kabbelige
Wasserfläche, den Kai, den Weg und sie hinwegschießen ließ,
sahen sie erstmal: gar nichts. Nachdem sich die Augen an
soviel gleißendes Licht gewöhnt hatten, sahen sie unter vorgehaltenem Handschirm oder Mützendach: alles.
  Aber was sahen sie?
  Sie sahen beim Näherkommen einen Anorak. Den roten
Anorak von Lea Leineweber. Jetzt hob der Anorak den Arm.
  „Lea?", rief eine einzelne, dünne Stimme, „Lea? Lea!",
schrien jetzt mehrere. „Lea!"

Sie hockte, wie zuvor, zusammengekauert, Arme um die Beine, Kopf auf den Knien, auf einer Palette auf dem Ende des Kais.

„Mensch, Lea! Endlich!"

Und als zwei von ihnen sie hochgezogen hatten, fiel sie dem Schwarzen Bauern, der ratlos vor ihr stand, in die Arme.

Reicht das jetzt für ein besseres Ende dieser Geschichte? Oder immer noch nicht? Außerdem, warum sollten wir, wenn wir schon bis hier gekommen sind, weglassen, was auf jeden Fall dazu gehört und eine weitere, überraschende Erfahrung abgeben könnte? Aber ganz soweit sind wir noch nicht.

Enno ließ seine Schiffssirene dreimal laut werden, als er vom Kai zurücksetzte, drehte ab und gab Vollgas, dass ihnen noch einmal Hören und Sehen verging. Das kannten sie nun schon. Doch was dann kam, war für sie neu: Als er die Scheinwerfer ausschaltete und sich mit halber Fahrt voraus entfernte und um die Mole drehte, war ihnen mit einem Schlag schwarz vor Augen. Und ungewohnt still. Alles, auch Hardtfeld und Lea und die angstvollen Rufe, die nächtliche Schrecksekunde des vorangegangenen, imaginierten Kurz-films aus dem Hafen vor Den Haag, waren verstummt und verschwunden. (Oder doch noch nicht ganz? Blieb ein Rest von sprachlosem Entsetzen und flüsternder Angst, die sich erst nach und nach verflüchtigten?)

Es dauerte eine Weile, bis Augen und Ohren sich langsam wieder an die Dunkelheit und Stille gewöhnten. Zeit, mehr-mals, nun den Wind und gelegentliche Stöße seiner Böen im Rücken, tief Luft zu holen und sich und einander von Neuem vollzählig und aufatmend wahrzunehmen. Einige Atemzüge lang schwiegen sie. Aber dann ging das große, erleichterte

Gerede und Gelächter los und hörte den ganzen Rückweg nicht mehr auf. Was für eine Nacht!

Auch die Sterne tauchten allmählich wieder auf. Wo war gleich noch der Große Wagen?

„Das da, diese Zackenlinie, seht ihr die? Das ist die Deichsel des Großen Wagens. Dahinter, dieser schräge Kasten, das ist der Wagen. Denkt euch die Sterne durch Linien verbunden. Wenn ihr die Linie der Rückseite fünfmal nach oben verlängert, habt ihr den Polarstern. Gleichzeitig die Spitze des Kleinen Wagens, auch Kleiner Bär genannt. Der Nordstern zeigt immer die Richtung nach Norden. Darum ist das der wichtigste Stern für die Navigation. Wird übrigens beim Pulsieren allmählich schwächer und eines Tages ganz erlöschen."

„Wann denn?"

„Die Astrophysiker streiten sich noch. In etwa hunderttausend Jahren soll er sein Licht verlieren."

„Ach so. Dann haben wir ja noch etwas Zeit."

„Keine Panik. Sie haben für den Fall schon einen anderen Cepheiden als Ersatzstern mit Nordausrichtung gefunden. Damit ihr immer wisst, wo ihr euch rumtreibt. Und in welche Richtung ihr geht."

„Dann ist ja alles in Ordnung. Hauptsache, die Richtung stimmt."

„Nur dass es uns auf diesem schönen Planeten dann wahrscheinlich nicht mehr geben wird."

„Aber erstmal sind wir ja noch hier."

Und Lea? Wo war Lea jetzt? Die stand zwischen Hardtfeld und dem Schwarzen Bauern und entschuldigte sich.

„Tut mir leid", sagte sie, „tut mir echt leid. Ich war einfach fertig. Ich wusste nicht weiter und musste einfach mal raus …

Luft holen ... unser Rollenspiel ... und dann diese Gerichts-
verhandlung ... hab' versucht, das irgendwie ausm Kopf zu
kriegen ... 'tschuldigung ... bitte ... könnt ihr das versteh'n?"

Niemand widersprach. Die Freude, die Vermisste unversehrt wiedergefunden zu haben, überwog alle anderen Re-
aktionen, fürs Erste jedenfalls. Hardtfeld ging zu ihr hinüber,
die in ihrem roten Anorak noch immer, wie man so sagt,
etwas verloren herumstand, legte väterlich den Arm um sie
und sagte mit einer sonoren Stimme, wie er sie von sich selbst
selten und schon gar nicht aus Vorlesungen kannte, die eher
in freundlich skeptischer Tonlage gehalten waren:

„Wir freuen uns alle sehr, dass Sie wieder da sind, liebe
Frau Leineweber. Über alles Weitere reden wir später. Jetzt ist
erstmal nach allen Erlebnissen des heutigen Tages die Fort-
setzung unseres wohlverdienten Abendessens angesagt. Guten
Appetit!" Dem stand nun endlich nichts mehr im Wege.

Der Fisch war auch nachgewärmt immer noch sehr gut.
Vom wunderbaren Kartoffelsalat, mit Zwiebel-, Apfel-, Selle-
rie- und Nussstückchen, den es dazu gab, gar nicht zu reden.
Der war hier fast so berühmt wie der Brathering. Der Hunger
nach der unfreiwilligen Sturmwanderung war jedenfalls so
groß, dass Klaas nachliefern musste.

Nicht nur die Berichte, auch das Fotobuch dieser Seminarexkursion habe ich immer noch. Es liegt vor mir auf dem
Tisch. Ich streiche mit vorsichtigen Fingerspitzen über den
blaugrün geriffelten Kunststoffeinband, streichele mehrmals
langsam hin und her, um meiner Erinnerung Zeit zu lassen.
Oder warum streiche ich über diesen kühlen, wie oft bei
Plastik leicht klebrigen Einband in einer undefinierbaren
blau- oder blassgrünen Farbe, die man früher Aquamarin

genannt hätte und jetzt vielleicht „Schilf" nennen würde oder „Meergrün"? Vielleicht um mehr Zeit zu gewinnen? Das dürfte sich erübrigen, nachdem alles gesagt ist. Alles? Jetzt schlage ich es auf.

Als Erstes fällt der Blick auf ein Gruppenfoto. Mittig auf Seite eins geklebt, darunter handschriftlich zehn Namenskritzel ohne Begleittext, springt es geradezu ins Auge. Da es eine Vergrößerung ist, sind die meisten Gesichter der Abgebildeten gut erkennbar – und identifizierbar, vorausgesetzt, man erinnerte sich. Bis auf den Mann mittleren Alters in der Mitte der Gruppe. Die schwarze Baskenmütze verdeckt Stirn und Augen, macht ihn also unkenntlich. Was wohl aus den anderen geworden sein mag, ließ ich Hardtfeld fragen.

Inzwischen weiß ich es. Denn vor einigen Wochen erhielt Hardtfeld per E-Mail eine Einladung, von der er nicht wissen konnte, wie sehr sie ihn berühren und hinter und vor jene Glaswand in das längst aufgelöste Jugoslawien-Tribunal in Den Haag und in den Krieg, diesen Krieg zurückführen werde, der damals nicht nur den Balkan, sondern ganz Europa erschütterte und erneut zu erschüttern droht wie der neue große Krieg im Osten Europas.

Es war die Einladung einer sozialen, genauer: einer sozialpsychologischen Vereinigung, wie es inzwischen eine ganze Reihe in Berlin gibt. Wir nennen sie der Anonymisierung halber nur mit der ersten Hälfte ihres Vereinsnamens: Weg aus dem Trauma, was in doppelter therapeutischer Bedeutung zu lesen und auch so von ihren Gründerinnen gemeint ist. Berlin entwickelt sich gegenwärtig zu einer Art Traumaforschungs-, Selbsthilfe- und Therapiezentrum für Zehntausende von traumatischen Kriegserfahrungen Betroffener aus dem Vietnamkrieg, dem Irakkrieg, dem Syrienkrieg, dem Afghanistankrieg, dem Jugoslawienkrieg, dem Ukrainekrieg, dem Israelkrieg ...

Fast hätte Hardtfeld die Einladung, da er im Posteingang immer wieder solche und ähnliche Einladungen und Werbesendungen findet, weggeklickt. Doch dann las er weiter. Folgte der Bitte, den Anhang (mit Spendenaufruf und beigefügter Zahlkarte als Onlineformular) zu lesen. Las, dass besagte Selbsthilfegruppe von Bosnienflüchtlingen in Zusammenarbeit mit dem bekannten Berliner Verein Friede in Südosteuropa und mit Unterstützung durch die Berliner Anwaltskanzlei Bauermann und Partner vor zehn Jahren ins Leben gerufen worden war. Dass sie seitdem Tausenden von Flüchtlingen, Lagerinsassen und Folteropfern des Bosnienkrieges (neuerdings und in zunehmendem Maße auch des Irakkrieges, des Afghanistankrieges und des Ukrainekrieges) als Anlaufstation und Therapiezentrum gedient hatte und weiterhin dienen werde, vorausgesetzt ... Und wollte die Nachricht löschen.

Da blieb sein Blick, sagen wir genauer: sein inneres Auge an einer Zeile hängen. Anwaltskanzlei, las er noch einmal. Berliner Anwaltskanzlei? Bauermann und Partner? Das konnte doch nur ...? Wir sind gläserne Menschen. Im Netz ist mit etwas Geduld über jeden von uns meist mehr zu finden, als wir suchen – und als dem einen oder anderen von uns lieb ist.

Schon der erste Klick war ein Volltreffer. Partner der Anwaltskanzlei Bauermann war: eine Rechtsanwältin und Fachanwältin für Ehe- und Familien-, Ausländer- und Asylrecht namens Lea Leineweber! Und wer noch? Ja doch: ein Rechtsanwalt Jäger. Da waren sie also abgeblieben, die Seminarteilnehmer jenes legendären Sommersemesters. Daher auch der für ein anonymes Werbeschreiben ungewöhnlich persönliche Ton: Man würde sich sehr über seine Teilnahme und ein Wiedersehen freuen und hoffe auf anregende Gespräche, womöglich eine künftige Zusammenarbeit. Er meldete sich, wie gewünscht, per E-Mail an. Was würde ihn erwarten?

Das Moabiter Kriminalgericht ist legendär. In der prunkvollen, Ehrfurcht gebietenden Eingangshalle dieses Berliner Justizpalastes wurden Filme und Fernsehserien gedreht. In seinen dunkel getäfelten Sitzungssälen ergingen aufsehenerregende Urteile, die schuldige, manchmal auch unschuldige Angeklagte hinter Gitter brachten, ihnen das Leben oder ihre bürgerliche Existenz nahmen oder sie unter Jubel oder Protest des Volkes, in dessen Namen sie gefällt wurden, laufen ließen. Weniger bekannt, aber nicht weniger mit Berliner Geschichte verwoben, ist das gegenüber dem Kriminalgericht gelegene Krankenhaus Moabit. In den soliden Backsteinbauten, die ihre preußischen Erbauer in einem parkartigen Garten verstreut hatten, fanden auch solche Berliner, später auch Patienten aus Osteuropa einen hilfreichen Arzt, die ihn sich anderswo nicht hätten leisten können. Und in der dunkelsten Zeit Deutschlands taten sich hier aufrechte Ärzte in einer Widerstandsgruppe zusammen und halfen jüdischen Kollegen, bis eine Sekretärin sie verpfiff und an den Galgen in Plötzensee lieferte.

Jetzt arbeiten in diesen Häusern, die Revolution, Bombenkrieg, Nachkriegschaos und Abrisspläne des Berliner Bausenators überstanden haben, Heilberufe ebenso unterschiedlicher wie ungewöhnlicher Art: Traumatologen, Psycho- und Physiotherapeuten, Schmerzforscher, Psychologen, Soziologen und Juristen, Selbsthilfegruppen der Opfer von Krieg und Gewalt und anderer Betroffener. Das gemeinsame Ziel der hier Tätigen ist wenig spektakulär: die Aufarbeitung der Verwüstungen und Folgen der jüngsten Kriege Europas und der Welt. Und zwar nicht nur und nicht in erster Linie in den Körpern, sondern auch in den Köpfen. In den Köpfen von Opfern, Tätern und Zeugen, die den Kriegshorror durchgemacht, durchlitten und hinter sich gelassen, in vielen Fällen überlebt haben, aber nicht hinter sich lassen konnten.

Alle Kriege, wir hörten es zu Anfang dieser Geschichte, sind Männerkriege. Genauer, Kriege, die ihren Ursprung in den Köpfen der Männer haben. Was folgt daraus für diese Köpfe und ihre Heilung? Und was ist mit den Köpfen der Frauen? Frauen als Opfer, aber auch als Täterinnen?

Überlassen wir die Antwort Hardtfeld und folgen ihm ins Krankenhaus Moabit. Denn dort, in der Moabiter Turmstraße, die bekanntlich eine gute und eine weniger gute Seite hat und wo der Hohe Ton der Polizeisirene zu den Alltagsgeräuschen gehört, sitzt auch die Selbsthilfegruppe bosnischer Kriegsopfer Weg aus dem Trauma, die ihn zu ihrer Jubiläumsveranstaltung eingeladen hat.

Auf der Turmstraße, wo immer Rushhour herrscht, überholte ihn mit aufkreischenden Autoreifen links-rechts-links eine wild hupende Türkenhochzeit. Kurz vor dem Krankenhaus schnitt ihm eine blaulichtblaulichtblaulichtblinkende Polizeisirene die Einfahrt ab und zwang ihn zu einer Vollbremsung.

Der Pförtner erklärte Hardtfeld den Weg zum Haus:

„Bei die Traumas, da is heute Party. Nur dasset wissen, junger Mann, machense sich auf wat jefasst. Denn man allet Jute, wa." (Das gefiel Hardtfeld immer wieder an Berlin. Hier wurde ohne Umschweife und Ansehen der Person geradeaus geredet. Und der „junge Mann" passte doch immer und auch auf ihn. Oder nicht? War's inzwischen nur noch blanke Berliner Ironie?)

Langsam und leise ließ der junge Mann, der er heute Abend war, den Wagen zwischen Staudenbeeten, Buschgrün und Bäumen der weitläufigen Gartenanlage dahingleiten, wich einzelnen und Gruppen von Besuchern (oder waren es Patienten mit ihren Betreuern?), auch einem Rollstuhl mit Begleitung aus, parkte auf dem Kiesplatz zwischen Haus zwei und drei, stellte den Motor ab und blieb im Auto sitzen.

Als seine Frau vor Jahrzehnten in dem Haus, vor dem er jetzt stand, aus ihrem Bett am Fenster die Krähen in den Ahornbäumen vor den Fenstern sitzen sah, wusste sie, sagt sie, dass auch sie weiterleben werde. Mit Sicherheit waren es nicht dieselben Krähen, vielleicht nicht einmal mehr dieselben Bäume. Doch das Bild war noch da. Und wovon leben wir denn, wenn nicht von den Bildern unserer Vergangenheit?

Er schloss das Auto ab und ging ins Haus. Der Eingangsraum war bis auf den leuchtend ockergelben anstelle des krankenhausweißen Wandanstrichs kaum verändert. Neu waren die vielen Schilder, die auf die Einrichtungen und Vereine hinwiesen, die hier eingezogen waren. „Weg aus dem Trauma – 1. Stock Raum 13 A" gab nicht nur ein Wandschild eingravierte Auskunft, sondern, mit Tesa an die Fahrstuhltür geklebt, auch ein großes Pappschild mit Sonnenblume.

Als er die Tür öffnete, war er sofort mittendrin. Von irgendwoher kam Musik. War sie traurig, war sie fröhlich, jedenfalls verhalten verwegen und unverkennbar Balkan mit diesem leicht orientalischen Einschlag. Die Tische (alte, anderswo aussortierte Holztische) waren in der Mitte des Raumes zu einem großen Viereck zusammengeschoben worden. Darauf in Tischmitte, unter einer Plastikhaube, eine Riesentorte, darauf eine große, goldene Zehn. Darum herum Saft und Wein, Obst von Äpfeln über Mandeln und Weintrauben, Granatäpfel bis zu Feigen und Datteln gespießt, gepresst, gebündelt, Kekse und Gebäck verschiedenster Machart und kunstvoll dekoriert, das ihn erinnerte an ... doch dieser Erinnerung an die Konditorkunstwerke im Café Vatra in Sarajevo näher nachzugehen, blieb ihm keine Zeit. Denn um den großen Tisch herum saßen in weitem Kreis auf Stühlen, auch in Rollstühlen, oder standen einzeln und in Gruppen im Gespräch beieinander Gäste, Mitarbeiter, Freunde und Patienten dieses Vereins und klatschten, als er eingetreten war. Hardtfeld war verwirrt.

Als er begriff, dass diese Begrüßung ihm galt, war er nicht nur verwirrt, sondern gerührt und verbeugte sich. Einige aus der Runde standen auf und kamen auf ihn zu. Eine junge, aparte Frau – das „jung" sollten wir streichen, denn sie war nicht mehr jung, sondern, wie man so sagt, in den besten Jahren und nur noch in Hardtfelds Augen der Erinnerung jung, das „apart" lassen wir unbedingt gelten – fasste ihn vorsichtig bei den Schultern. Gab sie ihm den heute üblichen Wangenkuss? Oder war's nur eine Andeutung? Jedenfalls sagte sie – und dabei schob sie ihren langen, roten Haarschopf, den eine auffällige Silberspange mit aquamaringrünem Stein zusammenhielt – über die Schulter zurück:

„Wie schön, dass Sie gekommen sind. Wir freuen uns. Wir freuen uns wirklich sehr. Es gibt viel zu berichten. Den Herrn kennen Sie", und sie machte eine einladende Handbewegung in Richtung eines Herrn Dr. Bauermann. Neben ihnen stand beider Sozius Dr. Jäger. Man fasste einander lachend ins

Auge und bei den Armen und machte die erwarteten und unerwartete Komplimente.

Lea Leineweber, die Vorsitzende des Vereins, machte Hardtfeld mit mitarbeitenden Medizinern, Psychologen und Fachkollegen bekannt und wurde nicht müde, zu erklären, dass den Anstoß zur Gründung dieses Vereins und zu anderen Aktivitäten vor Jahrzehnten die Teilnahme an einer Seminar-exkursion mit diesem Herrn nach Den Haag gegeben habe. Sie werde dazu in ihrem Bericht nachher Näheres sagen.

Bevor sie sich entschuldigte, um sich, wie sie sagte, wichtigen Gästen aus der Berliner Senatsverwaltung und von der Handelskammer (Sponsoren!) zu widmen, geleitete sie Hardtfeld zur Tischmitte, wo ihnen Plätze zu beiden Seiten einer Frau im Rollstuhl reserviert waren.

„Auch mit dieser Dame brauche ich Sie nicht bekannt zu machen", sagte sie leise, „Sie kennen sie bereits", ging und ließ ihn allein.

Er blieb vor der Frau im Rollstuhl stehen und sah zu Boden. Dann sahen sie einander in die Augen. Sie trug ein schwarzes Kopftuch. Und den breiten Saum des in eleganten Falten fallenden, dunkelgrünen Gewands, das sie umhüllte, durchzog ein feiner, hell schimmernder Faden.

Er hatte sie damals nur hinter der Glaswand und dann noch einmal kurz auf dem Gerichtsflur vor ihrem Fenstersturz gesehen, doch wusste er sofort, dass diese hagere Frau mit den wachen Augen, die aus dem Rollstuhl vor ihm zu ihm aufsah und ihn mit einer Handbewegung einlud, neben ihr Platz zu nehmen, Almedina F. war.

Dazu nur kurz, was ausführlich zu berichten Almedina, Hardtfeld (und uns) mehr Zeit gekostet hätte: Sie war nach dramatischer Rettungsaktion in Den Haag, späterer Überführung nach Berlin und einer Serie von Operationen in der Charité, die ein großzügiger russischer Spender ermöglicht hatte, in Berlin geblieben und hatte ihre Familie nachholen können. Ihr Bruder und dessen Familie waren in Srebrenica ermordet worden. Mit ihren guten Sprach- und Sachkenntnissen war sie inzwischen eine unentbehrliche Mitarbeiterin dieses Traumazentrums zur Behandlung bosnischer und anderer Kriegsteilnehmer.

Sollte es der Anflug eines Lächelns gewesen sein, was in diesem Augenblick über ihr Gesicht huschte, so hätte Hardtfeld es keinesfalls wahrnehmen können, so sehr war er damit beschäftigt, seiner Emotionen Herr zu werden. Er zog den Stuhl heran, setzte sich und sagte heiser: „Dobro veče." Sie antwortete laut und deutlich: „Guten Abend." Und als sie jetzt beide auflachten, war das der Beginn eines langen Gesprächs. Eines Gesprächs, das, wie auch diese Geschichte, noch immer kein Ende gefunden hat.

Auf dem Rückweg über den Parkplatz suchte er später im hellen Berliner Nachthimmel vergebens nach dem Großen Bären und anderen Sternbildern, die, wenn er seiner Erinnerung trauen durfte, vor Jahrzehnten in einer stürmischen Nacht über dem Vissershaven und Buitenhaven von Den Haag deutlicher sichtbar gewesen waren. Die Krähen dagegen, die in den Ahornbäumen vor Haus zwei schliefen, waren als tiefschwarze Schattenpunkte vor dem dunkelgrauen, von wenigen hellgrauen Lichtinseln durchbrochenen Himmel im Netzwerk der Bäume noch deutlich genug auszumachen. Er blieb stehen und sah hoch. Sie rührten sich nicht.

Danksagung

Für hilfreiches Lektorat dankt der Autor dem Verleger Alexander Schug, einzelne Formulierungen verdankt er seinem Freund und Richter am Jugoslawien-Tribunal der UN, Wolfgang Schomburg. Seiner Frau Marina dankt er für ihre verständnisvolle, anregende Unterstützung.